KB152379

귀가 없다

귀가 없다

조미경 소설집

한그루

엄마는 나를 혼자 낳았다고 했다. 꽃다운 나이 스물에.
탯줄을 다 자르고 나서야 뒤늦게 산파가 도착했다고도 했다.
낯선 세상으로 소환된 내가
처음 들이킨 지구의 공기는 엄마가 뱉은 날숨이었다.
그리고 한동안 엄마와 단둘이 눈을 마주쳤을 것이다.

예전에는 누군가 엄마의 안부를 묻는다고,
'네 엄마' 하고 얘기만 해도 눈물이 났다.
지금은 엄마라는 글자만 봐도 예고 없이 눈물이 왈칵 쏟아지기도 한다.
아홉 살 무렵이었나.
엄마에게 버려졌다고 생각한 나는
표선 백사장 앞에서 한참 서 있었다.
그때 하얀 염소 한 마리가 곁을 지켜주었다.
그는 내 소리 없는 울음을 들었을까.
그리고 나는 알게 되었다.

엄마는 파도에도, 바람에도, 하얀 염소의 은빛 수염에도 들어 있다
는 것을.
때론 친구가, 선생님이, 동생이, 애인이 엄마가 되기도 한다는 것을.
이제 나는 연필과 종이가 있다면,
모니터와 키보드가 있다면
엄마를 불러낼 수 있다. 모든 인류가 가졌던 최초의 만남처럼.
내 소설이 어미를 잃은 것들의 눈물이 되었으면 좋겠다.
어둠이 땅 아래로 스미는 밤, 돌아갈 불빛을 찾지 못한 이들을 위해
대신 울어 주고 싶다.

요즘 나의 엄마 노릇을 하느라 힘들었을 남편과 고은, 계봉.
컴퓨터가 망가지거나 프린터가 속 썩일 때마다
"누나는 글 써야 하니까." 하며 만사 제쳐두고 달려와 준 후배 정헌에게
감사한 마음을 전한다.

2021. **겨울의 문턱에서**

귀가

없다

귀
가
없
다

오른쪽 목덜미였다. 두 녀석의 접점은. 서로의 관이 상대의 목을 찌른 채 둘은 엉켜있었다. 관은 유연했지만 쉽게 빠질 것 같지는 않았다. 오히려 몸속으로 들어간 부위가 너무 조여서 팽팽하게 당겨지는 것처럼 보였다. 둘은 한 자세를 길게 유지했다. 간혹 말랑말랑한 더듬이를 오므렸다 늘렸다 하면서 머리를 움직이거나 숨구멍이 크게 열리기도 했지만 격렬한 움직임은 없었다. 절정으로 치닫는 신음도 당연히 없었다.

달팽이의 교미를 보는 건 처음이었다. 고요하고 차분하게 그리고 아주 느리고 느리게. 교미는 오랫동안 이어졌다. 달팽이는 귀가 없어요. K의 말이 떠올랐다. 정말 미색의 피부 어디에도 귀는 보이지 않았다. 배발이 가늘게 떨릴 때마다 잔잔하게 밀려오는 파동으로 서로를 감지하는 그들의 사랑은 참으로 지루했다. 그럼에도 무성영화나 정지화면 같은 투명 사육 케이스 안을 시간 가는 줄 모르고 들여다본 것은 근원을 알 수 없는 호기심 때문이었을 것이다. 삐이- 삐이- 날카로운 경고음이 들렸다. 취이이이, 쓰으으으, 취이이이, 쓰으으으 주파수 맞추는 소리가 들리더니 곧이어 쥐이이이이, 쐐애애애애 우렁찬 매미 울음 소리가 들렸다. 뜻을 알 수 없는 소리의 집합은 순식간에 호기심을 의미 없는 것으로 바꿔버린다. 이명이다.

이명이 시작된 것은 K를 만나고 1년이 조금 지나서였다. K를 처음 만난 날, 그는 여느 여덟 살 남자애와 크게 다르지 않았다. 키도 또래와 비슷했다. 둥그스름한 얼굴 위로 '저는 장난꾸러기예요.'라는 문장이 불쑥 떠올랐다. 나는 빙긋 웃으며 K 앞으로 다가가 인사를 건넸다.

"앞으로 책도 같이 읽고 한글 공부도 함께할 선생님이야. 잘 부탁해."

K는 예상과 달리 시선을 피했다. K의 두 팔을 가볍게 잡고 얼굴을 가까이하자 아이는 심하게 버둥거렸다. K는 내가 그동안 만났던 아이들과 많이 달랐다. 단 1분도 의자에 앉지 못했다. 부산하게 교실 구석구석을 돌아다니거나 책상 위를 뛰

어다녔다. 복도와 교실 사이에 있는 유리창으로 들락날락하다가 텔레비전 장식장 뒤로 기어들어가 콘센트의 전선들을 뽑았다 꽂기를 반복했다. 억지로 의자에 앉히려고 한다거나 수업에 방해된다고 야단이라도 치면 K는 빨간 색연필을 들고 책상 밑으로 들어갔다. 그리고는 책상부터 시작해서 의자, 벽까지 온통 빨갛게 낙서를 했다. 나는 K의 빨간 흔적을 지우기 위해 퇴근 시간을 넘기는 날이 잦았다.

*

출근길에 이비인후과에 먼저 들렀다. 이명 때문에 도무지 잠을 잘 수가 없었다. 수업 준비를 위해 책상 앞에 앉을 수도 없었다. 주변이 조용하면 할수록 내 귓속 달팽이관은 음량을 더욱 크게 부풀렸다. 귀뚜라미 소리로, 시냇물 소리로, 때로는 시멘트 바닥을 부수는 포클레인 소리로 다양하게 각색하며 집중을 방해했다. 이명이 발병했을 때 나는 어마어마한 능력이 생긴 줄 알았다. 소머즈나 육백만 불의 사나이처럼 다른 사람들이 듣지 못하는 소리의 영역을 자유자재로 넘나들며 타인의 비밀은 물론 자연의 은밀한 소리까지 척척 들어내는 힘이 생긴 줄 알았다. 베개에 귀를 대고 누웠을 때 제일 먼저 들린 소리는 내 몸을 휘돌아 흐르는 혈액 소리였다. 나중에는 바람이 흩어졌다 모이는 소리, 풀벌레 날개 비비는 소리까지 들렸다. 하지만 소리 감옥에 갇히는 게 얼마나 고통스러운 일인지 깨닫기까지 그리 오래 걸리지 않았다. 나는 극도로 예민해졌다. 위층의 의자 끄는 소리, 뒤꿈치에 체중을 실어 걷는 소리, 옆집 화장실 물 내리는 소리 등 생활 소음이 너무나 크고 정확하게 들렸다. 주변의 소리가 잠잠해지면 청력 기관은 스스로 소리를 만들어 발신하고 수신하느라 분주했다. 한시도 고요 속에서 편히 쉴 수 없었다.

　의사는 간단한 문진 끝에 검사부터 하고 치료 방향을 정하자고 했다. 간호사는 이명 부위, 기간, 소리 등을 묻는 여러 장의 설문지를 먼저 작성케 한 다음 좁고 어두운 방으로 안내했다. 그 안에서 여러 가지 검사가 진행되었는데 검사 이름도, 무엇을 측정하는 검사인지도 말해주지 않았다. 간호사가 헤드셋을 씌워주며 소리가 들릴 때마다 버튼을 누르라고 했다. 처음에는 쉽게 버튼을 누를 수 있었다. 하지만 점점 헷갈리기 시작했다. 소리 뒤에 따라오는 여운인지 환청인지 구분하기 어려웠다. 나중에는 소리가 들렸는지도 확신이 서지 않았다. 버튼을 누르는 엄지가 짧은 경련을 반복하는 것처럼 느껴졌다. 떨렸다. 자꾸만 오답을 체크하는 것 같아 두렵기까지 했다. 검사 결과를 신뢰할 수 있을지 의심이 들었다.

　의사는 모니터를 보며 청력에는 큰 이상이 발견되지 않았다고 말했다. 내 찍기가 오답을 잘 피한 모양이다. 대신 이명 장애지수가 높아 약물치료와 보청기 재활 치료를 병행하자고 했다. 현재로선 완벽한 이명 치료방법은 개발되지 않았다는 것과 보청기에 대한 설명이 장황하게 이어졌다. 이명과 가장 비슷한 소리를 일정 시간 노출해 이명을 느끼지 못하게 하는 게 보청기 재활 치료의 핵심이라고 했다. 나는 소리로 소리를 덮는 원리 정도로 이해했다. 의사가 보청기 팸플릿을 책상 위에 펼쳤다. 팸플릿 첫 장을 장식한 보청기 사진은 5, 6주가량 된 태아를 연상케 했다. 귀걸이형과 귓속형 보청기 사진을 보여주며 종류와 높은 가격대를 안내했다. 의사는 설명 도중 내 적극적인 치료 의지를 읽을 수 없었는지 맥없이 팸플릿을 접어 다시 서랍에 넣었다. 그리곤 혈행 개선제만 처방하고 다음 환자를 불렀다.

　이명으로부터 가장 자유로운 시간은 아이러니하게도 K가 있는 수업이었다. K는 기초학력이 부족한 아이들을 대상으로 진행하는 문해 프로그램 학생이었다. 다문화가정 아이들과 한부모 혹은 조손가정 아이들이 대부분이었는데 한글을 제대로 읽고 쓰는 아이가 한 명도 없었다. 설사 한글을 읽어도 그 뜻이 무엇인지 모르는 경우가 태반이었다. 특히 K는 2학년이 돼서도 아는 글자가 공룡과 고질라가 전부였다. 공룡은 읽을 수 있지만, 공부, 공책, 공공시설, 공놀이에 나오는 공은 읽지 못했다. 고질라는 단숨에 쓸 수 있어도 친구 이름 고영국은 읽지 못했다. 대신 K는 수업 내내 수많은 말들을 내뱉었다. 기승전결이 없는 이야기들과 공룡의 종류와 피융-피융-, 쉭쉭, 그리고 엄청난 양의 욕설들. 몸과 입을 쉬지 않았다. 특히 실내 습도가 높은 날이면 발작처럼 단음절의 괴성을 질렀다.

*

수업이 시작된 지 10분이 흘렀지만, K는 책상 위에서 내려오지 않았다. 사뿐사뿐 책상을 징검다리 삼아 건너며 아이들의 책과 노트에 발자국을 남겼다. 실랑이 끝에 책상 위에서 내려온 K는 바퀴 달린 교사용 의자에 앉았다. 잠시 숨을 가다듬더니 이번에는 의자를 타고 교실을 질주했다. K는 나비 같았다. 잡힐 듯 잡히지 않는 나비. 나비가 제 날개를 허락할 때는 제 목숨이 얼마 남지 않았을 때다. 아이들과 나는 K를 말리다 지쳐서 멍하니 쳐다만 보았다. K는 우리들의 처지가 우스운지 생글거렸다. 정말이지 K의 등짝을 세게 내리치고 싶었다.

선생님, 관두세요. 쟤는 수업시간에도 돌봄 교실에서도 매일 저래요. 오늘도 선생님께 야단맞았어요. 쟤는 혼나는 게 일이에요. 아이들의 보고가 쏟아졌다. 나는 투명 파일에서 K가 흥미로워할 만한 활동지를 골랐다. 공룡 만들기였다. K는 호기심 가득한 얼굴로 의자에서 일어나 내게 다가왔다. K는 활동지를 낚아채다시피 하고는 교실 맨 뒤 책상 앞에 앉았다. 다른 아이들은 부러운 눈길로 K를 쳐다보았다. 그리고 나와 아이들 모두 K에게만 허용되는 특권에 대해 자연스레 침묵했다. K는 교감의 허락으로 학교에서 유일하게 엘리베이터를 탈 수 있었다. 정확한 거래 내용은 모르지만, 엘리베이터에서 내려 교실로 들어오는 K는 늘 의기양양했다. 장애인도 아니면서 왜 엘리베이터를 타냐며 타박하는 아이도 몇 있었다. 너희가 뭔데? 교감 선생님이 나는 타도 된다고 했어. K의 뻔뻔한 대답에 모두 입을 다물었다. 거기에 나까지 나서서 K에게 특권 하나를 더 얹어준 셈이다. 씁쓸했다. K는 이 모든 게 자신이 특별한 아이라 가능한 일이라 여기는 것 같았고, 나는 아이들이 K가 감당하기 어려운 아이라 어쩔 수 없이 허용한 것으로 생각하길 바랐다.

낱말사전이 완성되려면 아직 해야 할 게 많았다. 미음으로 시작하는 낱말을 수집하기로 했다. 마음, 마술, 무, 물, 문….

16

단조로운 낱말들이 호명되었다. 나는 아이들이 불러주는 낱말들을 칠판에 또박또박 받아 적었다. 그러면 아이들은 칠판을 보며 활동지에 글자를 옮겨 썼다. 수업 중간중간 K를 살폈다. 만들기가 잘 안 되는지 미간을 찌푸리고 있었다. 손동작도 점점 거칠어졌다. 미음으로 시작되는 낱말이 또 없을까요? 아이들을 향해 묻자 K가 큰소리로 미국을 외쳤다. 그러더니 갑자기 만들고 있던 공룡을 찢어 공중으로 뿌렸다. 우리 아빠는 미국 사람이야. 우리 아빠는 미국 사람이야. K가 의자를 들고 창문을 향해 달렸다. 어느새 안개가 학교를 에워싸고 있었다. K는 잽싸게 의자 위에 올라서서 창문을 활짝 열었다. 끓어 넘치는 수프처럼 안개가 창문을 넘어 교실 안으로 흘러들었다. K는 방충망까지 열고는 3층 난간을 잡고 마구 흔들었다. 우리 아빠는 미국 사람이라고. 성이 풀리지 않는지 갑자기 오른쪽 다리를 창문에 걸쳤다. 나는 K를 세게 안고 창문부터 닫았다. K는 심하게 버둥거렸다. 그러면서도 "우리 아빠는 미국 사람이야."를 반복했다. 교실에 있는 아이들 모두 K 아버지가 미국 사람이 아니라는 걸 안다. K마저도. 그런데 왜 K가 이런 행동을 보이는지 알 수 없었다. 결국, K는 교실 바닥에 납작하게 누워 꼼짝도 하지 않았다.

　수업이 끝나고 교실에 K와 단둘이 남았다. 나는 K에게 마

이쭈 두 개를 건넸다. 아이는 내 책상 가까이 다가오더니 마이
쭈를 먹어도 되냐고 물었다. 그래도 된다고 했더니 노란 마이
쭈를 입에 넣고 오물거렸다. K는 하얀 칠판 가득 숫자를 쓰기
시작했다. 그리고 숫자 사이를 더하기로 메웠다. 선생님, 풀
수 있어요? 나는 아이가 보는 앞에서 덧셈을 모두 풀었다. 아
이는 다시 문제를 냈다. 영이 너무 많아 수를 읽기 힘들었다.
숫자가 너무 크면 선생님도 읽기 어렵다고 하니 K가 의외로
환하게 웃었다. 그리고 칠판 가득 영을 그려 채웠다. 모양이며
크기가 모두 제각각이었다. K는 칠판 가득한 숫자를 읽어보
라고 했다. 나는 수를 세다가 그만뒀다. 수가 너무 커서 내 능
력으로 읽을 수 없다고 말했다. K는 매우 신난 표정을 짓더니
칠판을 지우지 말라고 당부했다.

"세상에 이렇게 다양한 영이 있었구나. 이 영은 몸속에 또
다른 영을 품고 있네."

"선생님도 참, 그건 달팽이예요, 달팽이집."

숫자 사이에 달팽이가 숨어있으리라곤 짐작하지 못했다.

"그렇구나. 이 녀석은 영으로 읽을 수 없으니까 안 풀어도
되지?"

K는 나머지 영들 속에 소용돌이 같은 영들을 그려 넣으며 말
했다.

"선생님, 달팽이는 귀가 없어요."

정말이냐고 반문하자 K는 확고하게 답했다.

"보세요, 달팽이 귀가 없잖아요. 친구들도 달팽이를 그릴 때 귀를 그리지 않아요. 달팽이에겐 귀가 없으니까."

어떻게 알았느냐 묻자 아이는 그냥 알았다고 말했다. 그냥 저절로 알게 됐다고. 혹시 달팽이도 좋아하냐고 묻자 K는 공룡과 고질라를 가장 좋아한다고 했다. 무시무시한 공룡 이빨과 어마어마한 고질라의 힘을.

"도깨비방망이가 있어. 하나의 소원만 들어주는 방망이야. 만약에 이런 도깨비방망이가 있다면 어떤 소원을 빌고 싶어?"

"당연히 베이블레이드 팽이를 달라고 빌죠."

"그래? 팽이가 많이 갖고 싶었구나. 난 공룡이라고 말할 줄 알았어. 선생님이 너만 했을 때 매일 빌었던 소원이 있어. 선생님 부모님은 사이가 좋지 않으셨거든."

"아, 선생님 부모님도 이혼했구나. 우리 엄마, 아빠도 맨날 싸우는데. 엄마가 자꾸 집을 나가서 할머니가 집안일을 모두 나한테만 시켜요."

"그래서 선생님은 매일 밤마다 우리 가족이 함께 살 수 있기를 기도했지."

"소원은 이뤄졌어요?"

"아니."

나는 거짓말을 했어야 했나 후회했다.

"요즘 제일 힘든 게 뭐야?"

"당연히 집에 가는 거죠. 할머니는 동생과 형한테는 일을 시키지도 않으면서 나만 부려먹어요. 아빠는 할머니 말 안 들었다고 때리기도 했어요."

그러고 보니 아이의 몸에 멍 자국이 많았다. 아빠에게 맞아서 생긴 것인지, 까불다 넘어지거나 아이들과 싸워서 생긴 것인지 분간하기 어려웠다.

"다시 소원을 바꿀 기회를 줄 거야. 도깨비방망이가 있다면 어떤 소원을 빌고 싶어?"

"당연히 베이블레이드 팽이죠."

"선생님은 새로운 소원이 생겼어. 우리 K가 건강하고 지혜로운 아이로 자랐으면 좋겠어."

"에잇, 소원도 들어주지 못하는 엉터리 방망이면서."

K는 뒤에 이어질 잔소리를 직감이라도 한 듯 잽싸게 교실 밖으로 뛰쳐나갔다. 읽을 수 없는 숫자들을 남겨둔 채로.

*

휴대폰이 묵직하게 떨렸다. 엄마였다. 외할머니가 돌아가셨다. 아홉 살 이후 외할머니를 보지 못했다. 부모의 이혼은 친족과의 단절을 의미하기도 하니까.

엄마는 아빠의 외도를 견디지 못하고 집을 나갔다. 아빠는 막내를 내 등에 업히고 포대기 끈을 세게 묶었다. 그리고 둘째를 놓치지 말라고 당부했다. 아빠는 우리를 외가로 가는 버스에 태웠다. 아빠의 정확한 의도는 알 수 없었다. 우리를 키우기 힘들어서 보내는 것인지, 우리를 앞세워 재결합을 시도하는 것인지. 다만 우리를 본 엄마가 어떻게 반응하느냐에 따라 가족의 운명이 결정되리란 건 어렴풋이 알 수 있었다. 괜히 어깨가 무거웠다.

엄마의 반응은 의외였다. 근 한 달 만에 보는 엄마치고는. 엄마는 우리를 보자 후다닥 방으로 숨어버렸다. 대신 외할머니가 맨발로 나와 우리의 등을 돌리면서 막내 이모를 불렀다. 어쩔 수 없이 갔던 길을 되돌아 버스 정류장 앞에 섰다. 어째서 엄마는 우리를 보지 않았을까, 어째서 엄마는 우리를 부둥켜안고 펑펑 울지 않았을까, 어째서 엄마는 물 한 잔 주지도 않고 숨어버렸을까, 어째서 막내에게 젖 한 번 물리지 않았을까. 눈물도 나지 않았다. 어른들만의 비장한 작전이겠지, 풀리지 않는 물음들이 꼬리를 이었지만, 엄마를 무작정 이해하기로 했다. 엄마니까. 하지만 한 장면만은 그냥 덮을 수가 없었다. 외할머니 무릎을 베고 아이처럼 웃고 있는 엄마. 엄마한텐 엄마가 있구나. 우리에겐 없는 진짜 엄마가. 이날 이후 나는 엄마를 세상에서 제일 부러워하게 됐다. 그리고 행복한 아이의 순위도 저절로 알게 되었다. 가장 행복한 아이 1등은 엄마가 있는 애, 2등은 엄마가 죽은 애, 3등은 엄마가 버린 애, 4등은 이혼해서 엄마가 떠난 애. 엄마가 죽은 애는 그냥 엄마만 그리워하면 되고, 엄마가 버린 애는 엄마를 그리워하다가 원망하다가를 반복하면 된다. 하지만 이혼해서 엄마가 떠난 애는 정말 고달프다. 수시로 그리움과 원망이 교차하는 것쯤은 어떻게든 견딜 수 있다. 동정을 가장한 호기심으로 엄마에 대한 그리움을 들쑤시는 주위 어른들도 견딜 수 있다. 한 번 울면 그만이니까. 하지만 아빠가 일 절부터 삼십육 절까지 쏟아내는 엄마를 향한 비난과 어쩌다 만난 엄마가 기다렸다는 듯 펼치는 아빠의 만행 시리즈는 나를 돌처럼 단단하게 굳게 만들었다. 총구는 엄마와 아빠를 향하고 있지만 그 총알은 어김없이 날 적중했다. 내 뿌리가 파헤쳐지고 하염없이 흔들려야 부모들은 자신의 합리화가 마음에 들었는지 날 놓아주었다.

끝나지 않는 전쟁터에서 홀로 총알받이로 서 있는 것, 그게 4 등의 아이들에게 주어지는 형벌이다. 엄마와 할머니의 비장한 작전은 이혼으로 결론 났다. 작전의 성공 여부는 모르지만 나는 영원히 제일 불행한 애, 4등이 되었다. 그리고 나는 1등인 엄마가 제일 부러웠고, 언제부터인지 2등인 엄마가 죽은 애를 꿈꾸게 되었다. 외할머니가 죽어서 엄마는 행복한 애 1등에서 2등으로 밀려났지만 여전히 나는 엄마가 부러웠다.

*

빈소는 조용했다. 엄마는 내 희미한 기억을 들추며 외삼촌과 이모들을 소개했다. 나는 어정쩡한 표정으로 인사했고 그들은 왔냐, 짧게 답하고 흩어졌다. 엄마는 막내 이모를 옆에 앉혔다. 그날 버스를 태워 우릴 집으로 보낸 이모였다. 엄마는 기다렸다는 듯 52부작 '네 아빠가 날 이렇게 만들었어'를 시작했다. 이모는 엄마가 숨 고를 타이밍에 장단을 맞췄고 난 죄인처럼 고개를 숙였다. 엄마는 밥을 먹었는지 묻지도 않네, 갈아입을 상복도 챙겨주지 않네, 생각하니 속이 아렸다. 엄마는 우울증 환자니까 그러는 거야. 엄마는 아픈 사람이니까. 애써 스스로를 다독였다.

사실 엄마 전화를 받고 고민했다. 외할머니 상이니 자리를 지키는 것은 당연하지만 내가 있어도 될 자리인지 확신이 서지 않았다. 나는 소중한 딸을, 누나를, 언니를 이혼녀로 만든 장본인의 씨앗이니까. 우울증과 환청으로 엄마의 행복을 앗아간 악의 근원이니까. 엄마는 입버릇처럼 신경안정제를 삼키며 말했다. 난 너희를 버리지 않았어. 봐봐, 밤마다 아기 울음소리에 미쳐버린 나를. 너만 낳지 않았어도 절대 그놈이랑 살지 않았어. 엄마는 그 말을 들을 내 심정은 조금도 헤아리지 않았다. 엄마는 환자니까. 아픈 엄마는 우리 모두가 이해해줘야 하니까. 어색한 자리를 지키는 것도 부담이지만 엄마에게 붙들려 총알받이 신세가 되는 것도 달갑지 않았다. 하지만 말을 듣지 않았다고 심하게 아파버릴 엄마가 더 무서웠다.

외할머니의 전화를 받은 적이 있다. 엄마의 상태가 극도로 나빠졌을 때였다. 엄마는 환각과 환청에 시달렸다. 할머니는 힘에 부쳤는지 내게 전화를 했다. 딸인 내가 엄마를 돌봐야 한다고 했다. 병원에서 만난 엄마는 낯설었다. 엄마는 자지 않았다. 수면제도 소용없었다. 엄마는 날 관객으로 앉히고 지금처럼 재탕이 대부분인 52부작 모노드라마를 재생했다. 열흘 동안. 액션 영화도 아닌데 나는 열흘 내내 피를 흘렸다. 그것을 보지 못하는 것은 엄마뿐이었다.

엄마는 '네 아빠 때문에'로 시작하는 무수한 문장들을 쏟아 냈다. 이모까지 가세해 아빠에게 저주를 퍼부었다. 엄마의 말은 귀를 통해 들어오지 않고 갈비뼈 사이를 비집고 들어왔다. 가슴이 날카로운 부리에 콕콕 쪼이는 것 같았다. 나를 비난하는 게 아니란 걸 분명히 아는데도 얼굴이 달아올랐다. 엄마는 감정이 극에 달할 때마다 얼굴이 일그러졌다. 엄마가 감춰뒀던 또 다른 얼굴이 삐져나온 것 같았다. 섬뜩했다.

갑자기 찌르르르 찌르르르 소리가 들렸다. 이명이다. 의사는 외부로부터 소리 자극이 있을 때는 이명이 발생하지 않는다고 했다. 하지만 들린다. 찌르르르 찌르르르 쏴아아. 나는 머리를 흔들었다. 귀를 막아도, 손바닥으로 탁탁 쳐봐도 소리는 계속 관자놀이 부근을 날카롭게 자극했다. 속이 울렁거렸다. 그제야 엄마는 나를 똑바로 바라보았다. 그리고 물었다. 괜찮아?

나는 이명 때문이라고, 괜찮다고 엄마를 안심시켰다. 엄마는 내가 너무 예민한 탓이라고 했다. 이모가 물컵을 내밀며 얼른 마시라는 시늉을 했다. 엄마는 내 생의 첫 기절 사건을 끄집어냈다. 내가 입학해서 얼마 안 됐을 때 일이다. 엄마는 담임의 얘기를 그대로 되풀이했다. 쉬는 시간, 하얗게 사색이 된 채 두 손으로 귀를 덮고 있던 내가 갑자기 자리에서 일어났다. 그만, 이라고 비명 같은 소리를 지르고는 곧바로 책상 위로 고

꾸라졌다. 정신이 돌아온 내게 담임이 물었다. "아이들이 너무 시끄러워서요." 내 대답이 너무 황당했던지 담임은 엄마를 불렀다. 담임의 이 어이없는 보고를 듣기 위해 교무실로 달려온 엄마는 나를 데리고 서둘러 집으로 갔다. 그 후로도 쉬는 시간이 되면 구토를 하거나 두통으로 책상에 엎드린 적이 여러 번 있었고 매번 이유는 너무 시끄러워서였다. 엄마는 예민한 내 기질을 통렬하게 비난했다. 문제는 이야기의 꼬리가 늘 아빠의 부정으로 향해 있다는 것이다. 엄마는 능수능란한 변사처럼 내 예민한 기질에서 아빠로 이야기 흐름을 바꿔놓았다.

"엄마, 아빠 얘기는 그만해요. 할머니께서 엄마가 이렇게 아파하는 걸 보면 많이 슬플 거야. 오늘만큼은 할머니 생각만 해요." 엄마 맘이 상할까 봐 아주 조심스럽게 말했다.

"너는 그게 문제야. 너무 똑소리 나게 너만 잘난 척하는 거." 엄마는 화가 난 아이처럼 휙 자리에서 일어났다. 서먹서먹한 분위기 속에서 나는 컵만 어루만졌다. 엄마는 어느새 상복을 벗고 오른팔에 가방을 메고 있었다. 집에 가겠다는 것이었다. 모두 엄마의 이런 반응에 어쩔 줄 몰라 했지만 말리는 사람은 없었다. 이모도, 외삼촌도. 그저 멍하니 보기만 했다.

"엄마, 오늘은 할머니를 지켜야 하는 날이잖아요. 엄마가 할머니 딸이니까. 이렇게 집에 가버리면 할머니 마음은 어떻고, 사람들이 뭐라고 하겠어요? 얼른 들어가서 옷부터 갈아입어요." 엄마를 붙잡았다.

"괜찮아. 난 아픈 사람이야. 약 먹고 자지 않으면 큰일 나. 봐봐, 아무도 나에게 뭐라고 하는 사람 있나." 엄마는 완강했다.

"엄마, 제가 잘못했어요. 10시까지만. 아니 9시까지만. 그때까지라도 여기 있어요. 엄마가 없으면 나 혼자 어떡해." 그제야 엄마는 안으로 들어가 상복으로 갈아입었다. 엄마의 얘기를 듣는 동안 나는 줄곧 K를 떠올렸다.

*

학교에 K의 문제를 보고했다. K는 상담이나 전문가의 도움이 절실하고, 우선돼야 한다고. 3층 난간에 매달리거나 수시로 교실 밖으로 나가서 아이의 안전을 책임질 수 없다고 했다. 수업 진행이 어려울 정도로 방해가 심하고, 다른 아이들에게도 좋지 않은 영향을 미치고 있다고도 덧붙였다. 학교도 이미 K의 문제를 파악하고 있었다. 나는 학교에서 대안을 마련해 주었으면 좋겠다고 했지만, 담당교사는 대답 대신 아이의 어려운 가정환경을 설명했다. 그러니 사랑하는 마음으로 아이를 대해주길 부탁한다고.

나도 아이의 눈높이로, 사랑하는 마음으로, 열심히 가르치면 되는 줄 알았다. 누구나 노력하면 눈과 귀가 먼 헬렌 켈러를 가르친 설리번 선생이 될 수 있다고 믿었다. 수업이 없는 오전에는 유행처럼 바뀌는 교수법 강의를 쫓아다니면서 들었고 퇴근해서는 수업자료를 만들었다. 하지만 K를 만나고 매번 벽에 부딪쳤다. 아이를 책상에 앉히지 못하는 자가 무슨 선생 자격이 있나 자책도 했다. K가 아무리 산만하고 수업에 집중하지 못해도 우리에겐 쓰라린 부모라는 공통분모가 있어서 쉽게 통할 거라 자신했다. 하지만 K에게 가는 길은 거칠고 험했다. K에게 조금 다가갔다고 생각했으나 도로 제자리인 경우가 많았고 겨우 미션 하나를 통과해서 생긴 계단 하나가 눈 깜짝할 사이에 사라졌다. 학교는 K의 가정환경을 분석하고 그것을 이용하면 그를 제압하거나 내가 원하는 대로 교육할 수 있다고 여기는 것 같았다. 그의 기분과 부모 변수만 있으면 풀리는 수학 문제처럼. 나는 단호하게 학교에 요구했다. 대안을 마련하지 않으면 더 이상 수업을 이끌 수 없다고.

*

　나는 아이들을 향해 『반대말』 그림책을 펼쳤다. 큰 책, 작

은 책, 두꺼운 책, 얇은 책, 무거운 책, 가벼운 책 등 온갖 책들
틈에서 노는 올빼미를 보자 아이들은 K에게서 고개를 돌려 나
를 올려다봤다. 책으로 할 수 있는 것에 대해 이야기를 나눌
때는 활기마저 느껴졌다. K가 잠깐 우리 쪽을 보는가 싶더니
다시 고개를 숙이고 하던 일을 계속했다. K는 베이블레이드
팽이를 계속해서 돌렸다. 팽이는 교실 바닥 위를 부드럽게 미
끄러졌다. 하지만 몇 바퀴 돌다가 힘이 빠지는지 자꾸 넘어졌
다. 나는 아이들에게 낱말카드를 나눠줬다. 반대로 대응되는
낱말카드를 찾아보라고 했더니 아이들이 하나같이 높다와 작
다를 한 짝으로 맞춰 놓았다. 높다와 낮다의 대응을 말해주기
위해 아이들에게 창밖의 산을 보라고 했다. 아이들 모두 창밖
을 향해 고개를 돌렸다. 하지만 아파트 너머에 있는 산보다 희
부연 안개가 먼저 눈에 들어왔다. 안개는 뒤쪽에서 앞쪽으로
온몸의 근육을 늘였다 줄였다 하며 움직였다. 액체 괴물 같아
요. 아이들이 소리쳤다. K도 팽이를 주머니에 넣고 창문을 바
라봤다. 마치 철가루를 넣어 만든 액체 괴물이 자석의 힘에 이
끌려 미끄러지는 것 같았다. 안개는 자신의 몸을 조금씩 밀며
움직이는 동시에 제 몸피를 부풀렸다. 몇 분 안에 마을 전체가
안개에 갇히고 말았다. 바다 가까이 위치한 학교는 자주 해무
에 휩싸였다. 먼바다로부터 올라온 안개는 벽이며 창문, 책상,

칠판, 모두의 이름을 지우고 둥둥 떠다녔다.

　나는 반사적으로 K를 안았다. K의 발작을 막아야 했다. 그런데 너무 따뜻하다. K의 눈을 가만히 바라보았다. 순간 눈에 눈물이 고였다. 나는 당황했다. 언제부터 눈 끝에 안개 포자가 자리를 잡았지. 눈물은 잘게 부서졌다. 수증기처럼 작아진 눈물이 교실 가득 세포 분열했다. K는 낚싯바늘에 걸린 물고기처럼 몸을 비틀었다. 나는 더 세게 K를 안았다. K의 오른쪽 목덜미가 살짝 보였다. 아가미보다 붉은 동그라미가 보였다. 갑자기 K가 턱을 들었다. 입술을 동그랗게 모아 소리를 냈다. 우-우-. 온순했던 아이들이 미묘한 힘에 이끌리듯 조금씩 동요하기 시작했다. 우- 우-. 웅성이던 아이들이 K를 따라 소리를 냈다. 고개를 뒤로 젖히고. 마치 굶주린 늑대처럼. 나는 깜짝 놀라 K를 안고 있던 팔을 풀었다. 한 아이가 갑자기 책상 위로 올라섰다. 징검다리 건너듯 책상 위를 뛰었다. 그 애를 붙잡기 무섭게 다른 아이가 낱말카드를 사방에 뿌렸다. 어떤 아이는 귀를 막고 책상 밑으로 들어가 고함을 질렀고 또 다른 아이는 옆에 앉은 친구에게 욕을 퍼부었다. 그러면서 깔깔 웃었다. 아이들은 서로 눈빛을 교환하는 모습을 노골적으로 드러냈다. 저들끼리만 통하는 신호가 따로 있다고 자랑하는 것처럼. 괴물이야, 너희들은. 나는 괴물로 변한 아이들을 두려움에 찬 얼굴로 바라보는 것 말고는 아무것도 할 수가 없었다. 꽁꽁 닫힌 문 앞에서 안개는 하염없이 두드리고, 아이들은 단음절의 소리를 지르고, 나는 두 손으로 귀를 덮었다. 높다의 짝은 낮다야, 작다의 짝은 크다고…. 나는 같은 소리만 계속 우물거렸다. 나중에는 아이들이 내는 소리인지, 내 목소리인지, 이명인지 구분할 수 없었다. 어지러웠다.

*

　사육케이스 뚜껑을 열었다. 두 녀석 모두 갈색과 노란색이 감도는 껍데기가 제법 컸다. 아침에 넣어둔 상추는 반만 남아 있었고, 청록의 배설물이 군데군데 묻어 있었다. 상추를 들추자 무수히 작은 하얀 점들이 꼬물거렸다. 별보다 작은 더듬이와 껍데기까지 갖춘 달팽이였다. 덜컥 겁이 났다. 나는 사육케이스를 들고 베란다로 갔다. 차일피일 미루던 케이스 청소를 더 이상 미룰 수가 없었다. 작은 날벌레들이 날아다니고 축축하고 비릿한 냄새가 코를 찔렀다. 이왕 팔을 걷어붙인 김에 달팽이 목욕도 시키고, 새끼 달팽이들도 작은 케이스로 옮기기로 했다. 대야에 미지근한 물을 받고 달팽이를 넣었다. 바다에서 온 녀석들이라도 수위가 높으면 익사할 수 있다. 바다를 기어 나오면서 아가미를 잃어버렸으므로. 달팽이들은 온몸의 근육을 이완시키는 듯 물속에 배발을 담갔다. 달팽이는 무슨 심산으로 바다를 떠나기로 마음먹었을까. 바다를 떠나온 조상을 원망하는 달팽이는 없을까. 새끼 달팽이를 다른 케이스에 옮기는 건 생각처럼 쉽지 않았다. 사실 너무 많아 부담스러웠다. 달팽이를 방사하면 환경에 악영향을 미친다고 들었다. 수돗물을 틀어놓고 작은 사육케이스를 씻었다. 그런데 자꾸 흐르는 물 따라 새끼 달팽이가 떠밀려갔다. 달팽이를 잡으려고 발을 옮기는 순간 뽀독, 하고 소리가 났다. 작은 달팽이집이 철거되는 소리였다. 발을 옮길 때마다 뽀독, 뽀도독 경쾌한 소리가 났다. 나는 그 소리가 좋아 자꾸 발을 옮겼다. 뽀도독, 뽀독, 뽀독, 뽀도독. 물은 하염없이 흐르고, 어미 달팽이는 제 새끼가 죽는 줄도 모르고 반쯤 눈을 감고 반신욕을 하고, 새끼 달팽이는 뽀드득 뽀독 엄마를 위해 마지막 노래를 부르고. 물은 새끼 달팽이를 안고 흐르고 흘러 바다를 찾아가겠지. 나는 두 팔을 벌리고 눈을 감았다. 발바닥으로 듣는 소리. 그 소리가 듣기에 너무 좋았다.

학교에 사직서를 냈다. 핸들을 돌려 마을 끝으로 갔다. 바다로 가면 K가 듣고 싶었던 소리를 만날 수 있을 것 같았다. 마을로 올라온 안개가 K에게 전하려고 했던 말. K가 들으려고 몸부림쳤던 바다의 말.

학교는 K가 한글을 떼지 못한 이유를 불안한 가정과 선생의 무능으로 결론지었다. 하지만 K를 제대로 가르치기 위해서는 툭하면 집 나가는 엄마와 툭하면 매질하는 아빠, 집안일을 부려 먹는 할머니 말고 또 다른 변수를 풀어야 가능했다. 이 세상 모든 불행한 아이들에게 부모 복 없이 태어난 것을 함께 슬퍼하며 고사리 같은 손에 사탕을 쥐어주는 것으로는 어떤 위로도, 도움도 되지 않는다는 걸 학교는 인정하지 않았다. 정확하게 말하자면 학교는 어쩔 수 없다며 발을 뺐다. 부모의 확고한 의지와 행동 없이는 아무것도 할 수 없다고 했다. 나 역시 K가 한글을 읽고 쓸 수 있도록 돕는 것이 임무였지, K의 양육 환경이 개선될 수 있도록 부모를 상담할 권한과 능력은 없었다. 그리고 K를 한없이 동정하는 눈빛으로 교실에 방치하는 것 또한 내 일이 아니었다. 나는 K에게 공룡과 고질라 이외의 다른 글자를 가르치지 못했다. 나는 그를 포기해야 했다.

하얗게 부서지는 파도 앞에 섰다. 눈을 감았다. 촤르르르, 착. 촤르르 착. 파도는 쉬지 않고 바위에 부딪쳤다. 부서진 파도는 돌 속을 돌아 어디론가 빠져나갔다. 다시 몰려온 파도는 바위에 부딪쳐 소리를 냈다. 촤르르르 착. 한참 후에야 그것이 바다의 말이란 걸 알게 되었다. 그냥 저절로. 바다의 말은 푸르렀다. 하지만 난 그의 말을 알아들을 수 없었다. 따라 할 수도 없었다. 이국의 언어처럼 아득하게 들렸다가 사라졌다. 귀가 있어도 알아듣지 못하고 입이 있어도 말하지 못했다. 나는 한참 동안 바다가 내는 의미 모를 말을 들었다. 이명처럼 들리는 소리.

　　달팽이는 귀가 없어요. K의 말이 떠올랐다.

우리 집에 왜 왔니?

우
리
집
에
왜
왔
니
?

- 선생님, 제가 한 얘기를 알아듣기는 하죠?

아이는 유창한 영어 솜씨로 발표를 하다가 갑자기 담임을 향해 따지듯 물었다. 덩달아 부모들의 시선도 선생을 향했다. 공개수업 때문인지 담임은 평소에 잘 입지 않는 원피스 차림이었다. 아이의 당돌한 질문에 놀란 것도 잠시, 선생은 태연하게 영어 수업을 진행했다. 오히려 당황한 쪽은 부모들 같았다. 교실 뒤편에 앉아 선생과 아이들의 뒤통수를 뚫어질 듯 처다보던 시선들이 일제히 방향을 잃고 웅성거리기 시작했다.

- 쟤가 국제학교에서 전학 온 애래.

오른쪽에 앉은 나연맘이 내 옆구리를 찔렀다. 그러고 보니 교실에 들어설 때 도드라지게 눈에 띄는 부부가 있었다. 갈색

베레모를 쓴 젊은 남자와 등이 훤히 보이는 원피스 차림의 여자가 가슴 앞으로 팔짱을 낀 채 비스듬히 의자에 기대어 앉아 있었다. 그들의 복장이나 자세도 유별나 보였지만, 그보다도 평일 오전 공개수업에 부부가 동행했다는 게 참 낯설었다.

- 좋은 학교 두고, 촌구석 학교로 웬 전학이래?

나연맘은 동의를 구한다는 듯 옆구리를 한 번 더 찔렀다.

- 저 싸가지로 적응하는 게 힘들었나 보지.

왼쪽에 앉은 민준맘이 작은 소리로 대꾸했다.

- 여기가 무슨 문제아 집합소도 아니고.

민준맘이 혀를 차며 뱉은 말에 나는 깜짝 놀라 곁눈으로 부부를 살폈다. 다리를 꼬고 앉은 채 제 자식을 바라보는 눈빛에서 대견함과 뿌듯함 같은 게 뿜어져 나왔다. 아마 우리들의 대화를 듣지 못했거나 주변의 반응 정도는 가볍게 무시하기로 작정한 것 같았다.

*

공개수업이 끝나자 부모들은 어색하게 흩어졌다. 그냥 헤어지기 아쉬웠는지 몇몇이 무리 지어 교문 앞을 서성이고 있었다. 짧은 눈인사를 하고 급히 걸음을 옮기는데 나연맘이 내 팔을 낚아채듯 잡아당겼다.

- 서연맘, 바람섬에서 커피하고 가. 우리 너무 오랜만이잖아.

바람섬은 이 마을에 맨 처음 들어선 카페다. 과수원 창고를 개조했다고 보기 힘들 만큼 주인장의 센스가 돋보였다. 그래서 그런지 찾는 사람이 꽤 많았다.

- 어머니 점심 챙겨드려야 해서 다음에.

- 점심시간 되려면 아직 두 시간이나 남았는걸. 잠깐 커피 마시고 가. 자기한테 할 얘기 있단 말이야.

반 엄마들과 어울리는 게 썩 내키지 않았던 나로서는 손목시계를 보며 핑계를 찾을 수밖에 없었다. 하지만 딱히 떠오르는 게 없었다. 엄마들의 안부며, 사교육 정보가 궁금해 그들과의 자리를 안달한 적도 있었다. 하지만 막상 헤어지고 집에 돌아오면 어김없이 찝찝한 후회 같은 게 밀려왔다. 민준맘이 어정쩡하게 서 있는 내게 다가오더니 팔을 걸고 자기 쪽으로 당겼다.

- 우리 한 빌라에 살면서 너무 얼굴 보기 힘들다. 다들 잘 지냈어?

우리는 털뭉치처럼 한 덩어리가 되어 바람섬을 향했다.

나와 나연이 엄마, 민준이 엄마는 마을에서 '학교 살리기 운동'으로 지은 빌라에서 산다. 여섯 가구가 한 동인 건물 네 채로 이뤄진 단지에서는 아이들의 소리가 끊임없이 새어 나왔다. 넓은 주차장은 너무나 자연스럽게 아이들에게 빼앗겼지만, 그 누구도 불평하는 사람은 없었다. 날아든 공이나 아이들이 탄 자전거로 세워둔 차에 흠이 생겨도 크게 문제 삼지 않았다. 오히려 마을에 시소와 미끄럼틀, 정글짐을 세워달라 요구하는 주민도 있었다.

- 우리 학교 주변에는 그 흔한 떡볶이집이랑 문방구도 없어, 그치?

민준맘의 말이 끝나기도 전에 나연맘이 받아쳤다.

- 내가 떡볶이 파는 문방구 낼까? 애들 코 묻은 돈 무시하지 말라잖아. 대박 나면 근사한 레스토랑에서 점심 쏜다. 으흐흐흐.

나연맘은 상상만으로도 흐뭇한지 웃음을 멈추지 않았다.

- 아서, 여기 엄마들한테 못매 맞으면 어쩌려고.

민준맘이 팔을 저으며 무겁게 가라앉은 목소리로 말했다.

- 근데, 우리 어릴 때 생각하면 그런 건 아이들한테 미안해. 학교 다닐 때 문방구며, 오락실, 떡볶이집 추억은 정말 에센스 같은 거잖아.

민준맘이 길게 한숨을 뱉었다. 정말이지, 학교 주변 어디에도 문방구는 물론 그 흔한 편의점 하나 찾아볼 수 없었다.

하교 시간에 학원 차량을 볼 수 없는 건 아니지만 그마저 이웃 마을에 있는 학원에서 운행하는 것이었다. 대신 판타지 영화에나 나옴직한 울창한 숲이 학교를 에워싸고 있어 하루에도 몇 번씩 관광버스가 정차했다. 간혹 영화나 텔레비전 프로그램을 찍기 위해 촬영 차량이 들어오기라도 하면 무료한 마을은 심하게 술렁였다. 이런 이유에선지 몇 년 사이 등굣길에 엄청난 변화의 바람이 불었다. 커피숍과 게스트하우스가 다닥다닥 들어섰고, 렌트카들로 좁은 골목길이 더욱 번잡해졌다. 오죽하면 학교가 나서서 일방통행 캠페인을 벌였을까. 카페 문을 열 때까지 각자의 떡볶이집, 오락실, 문방구 추억을 들추느라 더 이상 그 어떤 말도 오가지 않았다는 것을 우리 중 누구도 눈치채지 못했다.

카페에는 인규맘을 비롯한 반 엄마들이 이미 자리를 차지하고 있었다. 우리를 본 인규맘이 어서 와서 앉으라고 손을 들었다. 민준맘이 쪼르르르 달려가더니 의자를 당겨 앉기도 전에 물었다. 엄청 궁금해 미치겠다는 듯이.

- 국제학교에서 왔다는 애, 영어 어땠어요? 발음이 완전 죽여주던데.

- 걔, 어릴 때부터 영어유치원 다녔대.

- 제가 듣기론 미국에서 몇 년 살았다던데요?

- 영어는 조기교육이 답인가 봐. 에휴, 영어 과외만으론 부족하네. 뭘 추가하지?

여기저기서 아이의 카더라식 영어공부 이력이 고장난 프린터처럼 찌지직, 찌지직 소리를 내며 출력됐다.

- 인규맘, 오늘 인규 영어가 너무 비교되던데?

무리 중 누군가 예민한 말을 서슴없이 던졌다. 대치동에서 유명한 영어 강사였다는 인규맘이 미간을 찌푸렸다. 인규맘은 고가의 수업료를 부르는 영어 과외 선생이다. 시내 아이들이 그녀의 수업을 들으려고 일부러 이곳 시골 마을까지 찾아왔다. 방학에는 아이들을 모아 한 달 동안 외국에 다녀오는 특별 프로그램을 진행해 여기저기서 인기가 많았다.

- 내가 이곳에 정착하기로 마음먹은 이유는 낮은 지붕과 올망졸망 돌담이 예뻐서였어. 아이들을 초록 자연에서 뛰놀게 하고 싶었거든. 근데 이곳도 이젠 틀렸어. 알록달록한 저 게스트하우스 봐. 너무 생뚱맞지 않아? 아, 떠날 때가 됐나 봐. 제주다움이 모두 사라져버렸어.

인규맘은 아무 소리도 못 들은 척 시치미를 뗐다. 애들 과외 때문인지 몇몇 엄마들이 인규맘 얘기에 과하게 손을 내저었다.

- 저도 그게 속상해요. 학교 주변에는 숙박시설 허가를 내

주면 안 되는 거 아닌가?

　나연맘이 장단을 맞추자 모두 기다렸다는 듯이 말을 보탰다. 변변한 학원 하나 없는 이곳에서 인규맘은 단비 같은 존재다. 물론 수업료가 살짝 맘에 걸리긴 하지만, 그것은 수업의 질이나 인기를 대변하는 지표이기도 했다. 맘들의 반응이 흡족했는지 인규맘이 흘러내리는 숄을 어깨에 고쳐 두르며 야릇하게 웃었다. 주문을 받으러 온 바람섬 주인장에게 인규맘이 찻값은 자기가 계산할 거라 말했다. 모두 들으라는 듯 아주 큰 목소리로. 짜고 치는 고스톱처럼 엄마들의 박수와 환호가 이어졌다.

　솔직히 나는 이런 인규맘의 태도가 거북하다. 인규맘이 사는 커피라 더욱 마음에 걸렸다. 자기 아이들은 자연에서 뛰어놀게 할 거라면서 과외 선생 노릇을 하는 것도 그렇고, 게스트하우스를 운영하는 인규 아빠도 그렇고. 어떻게 이런 말을 아무렇지 않게 뱉을 수 있는지. 물론 생계를 위해 어쩔 수 없다는 것도 이해한다. 그렇지만 이런 고상하고 우아한 뻔뻔함은 어디서 오는 건지 나는 그녀가 영 마음에 들지 않았다. 좀 더 솔직해지자면, 인규맘이 왜 서연이를 스터디에 보내지 않느냐 물을 때마다 나는 이상하게 빌린 돈을 제때에 갚지 않은 사람처럼 죄책감을 느꼈다. 그녀를 마주할 때마다 어미로서의 무능을 세상에 드러낸 것처럼 부끄러웠다. 그녀는 사람을 초라할 정도로 쪼그라들게 만드는 재주가 있었다.

그렇다고 내가 사사건건 인규맘 의견에 절대적 반대를 외치는 것은 아니다. 너무 지당한 소리를 저 혼자 도도하게 해서 얄미운 정도랄까. 무슨 감사라도 되는 양 마을의 이모저모를 지적하면서 이러쿵저러쿵하는 모습이 심기를 건드렸다. 내가 그녀의 행동에 예민하게 반응한다는 것은 나 역시 마을의 이상한 신분제에 점점 익숙해진다는 것을 의미했다.

시대가 어느 땐데 신분제 타령이냐 하겠지만 S리는 태를 어느 곳에 묻었는지에 따라 섞일 듯 섞이지 않는 커다란 띠를 만들었다. 바로 토착민과 이주민. 학교 살리기 운동으로 많은 이주민이 한꺼번에 들어오면서 구분은 더욱 세분화됐는데 토착민의 경우 태어나면서 지금껏 마을에 거주한 사람, 마을을 잠시 떠났다가 돌아온 사람, 부모나 배우자가 마을 사람인 경우로 구분하고 나머지는 모두 이주민이었다. 토착민은 마을 이름을 붙여 S리 사람이라 불렀다. 이주 기간 등을 따져 S리 사람에 가깝게 분류되는 경우도 있었다. 이장이나 부녀회장은 S리 사람만이 할 수 있었다.

나는 남편이 S리 출신이라 S리 사람의 범주에 들어갔다. 이 부분이 참 미묘한 게 내 고향과 상관없이 배우자의 출생지에 따라 분류된다는 것이다. 제주도 며느리냐, 육지 며느리냐는 중요하지 않았다. 민준맘은 S리 출신의 남자와 결혼한 육지 며느리다. 민준맘은 원주민이나 토착민이란 말이 미개를 포함하는 것 같다며 알레르기 반응을 일으켰지만, 남편이 마을 태생이라 나처럼 S리 사람에 속한다. 손이 야무진 민준맘은 아무나 들어갈 수 없다는 부녀회 막내가 되었다. 문제는 이런 분류가 이상한 화학반응을 일으킨다는 것이다. 나는 S리의 마을에 대해 제대로 아는 게 없지만, S리 사람으로서 누군가 마을에 대해 언짢은 소리를 하면 나도 모르게 이장이나 부녀회장으로 빙의된다는 것이다. 언제 내 안에 들어왔는지 모를 애향심 비슷한 게 불쑥불쑥 솟으면서 저절로 공격 자세를 취하게 되는 것이다. 방금 제주다움이 사라졌다는 인규맘의 발언에 조건반사처럼 몸속에서 화학반응이 일어나고 있는 게 느껴졌다.

중요한 것은 힘의 이동이다. 처음 이곳으로 이사 올 때만 해도 마을 분위기는 사뭇 달랐다. 힘의 저울이 마을 사람 쪽으로 확연히 기울어져 있었다. 단순히 마을 사람이 수적으로 많아서 그런 건 아니었다. 내가 이사를 할 때만 해도 이주민이 마을 주민의 반을 넘었다. 이주민들은 생각보다 순하고 순종적으로 보였다. 이장이나 청년회장에게 살뜰하게 인사를 건네는 것도 이주민들이었다. 마치 먼 나라에 자신의 종교를 전파하기 위해 그 어떤 어려움과 두려움도 이겨내는 선교사처럼 부드럽고 강인해 보였다.

오히려 S리 마을에 적응하지 못한 것은 나였다. 운동 삼아 오름 둘레길을 걷고 있을 때였다. 밭일하던 동네 어르신이 먼저 알은체했다. 팔자 좋게 운동이나 할 시간 있으면 내일부터 밭일이라도 하라는 말에 나는 가던 길을 돌아 집으로 향했다. 내가 운동으로 시간을 허비한다는 소문은 채 하루가 되기 전에 시어머니 귀로 들어갔다. 시댁 친인척들이 사는 마을로 이사한다는 게 어떤 의미인지 제대로 실감했다. 그 후로 나는 동네 산책을 하지 않았다. 마을 곳곳에 이동식 카메라가 움직이는 것 같아 창문도 제대로 열지 않았다.

*

큰아이의 취학통지서가 나올 무렵 마을에서 학교 살리기 운동을 본격적으로 진행했다. 마을 사람들이 십시일반 돈을 모아 공동주택부터 지었다. 저렴한 임대료와 천혜의 자연을 누릴 수 있는 제주도의 비경만으로도 반응은 뜨거웠다. 시골집에 연세 많은 시어머니 홀로 계신 게 맘에 걸렸던 남편은 귀향을 결심했고, 나 역시 시골 작은 학교에서 아이들이 초등 시절을 보내는 게 나쁘지 않을 거라 생각했다. 마을은 입주 기준을 세우고 신청자들을 선별했다. 다행히 마을 출신이라는 우선순위 덕분에 공동주택으로 이사할 수 있었다. 흥미로운 점이 있다면 입주 자격을 제한하는 항목이다. 토착민과 이주민 모두에게 공통적으로 적용되는 것이었는데 이미 마을에 거주하고 있는 자는 자격이 없다는 것이다. 인구를 유입하고자 벌이는 사업이라 당연해 보이지만 정작 입주를 희망하는 많은 마을 사람들의 공분을 산 것도 사실이었다.

입학식은 조촐하게 끝났다. 뒤이어 진행한 학부모총회는 더욱 실없이 끝났다. 학부모운영위원장과 학부모회장을 선출하는 자리였다. 이미 내정된 사람들이 나와 인사를 하고, 앉아 있는 사람들은 박수를 쳤다. 그저 그래야 할 것 같아서 혹은 그냥 관심 없어서 그도 아니면 내키지는 않지만 아직은 나설 때가 아니라서 등등의 냄새가 나는 박수였다. 애초에 옳고 그름은 없었다. 멋모르는 새내기 학부모들에게 선배 학부모들이 부리는 횡포 같다는 생각이 스칠 때였다. 작은 소리였지만 분명하고 날카롭게 꽂히는 목소리가 있었다.

- 이주민들의 학교 참여를 원천적으로 막으려는 처사군.

인규맘이었다. 주변에 있던 이주민 몇이 인규맘 의견에 고개를 끄덕였다. 하지만 그때까지만 해도 사람들의 목소리는 찰기 없는 동남아 쌀처럼 흩어져버렸다.

*

테이블에 앉자 주인이 직접 주문을 받으러 왔다.

- 자기야, 여기 내놓았다며?

인규맘이 살갑게 물었다.

- 네, 어떻게 알았어요? 문의는 많이 오는데 아직….

- 응, 우리 학생 엄마가 말해주더라. 부동산에 나왔더라고. 얼마에 내놓은 거야?

- 10억이요. 손수 고쳐서 그런지 정이 많이 가네요. 카페 주변 귤나무 밭도 좀 되고.

- 제주도를 아주 떠나는 거야?

- 아뇨, 이 좋은 곳을 어떻게 떠나요? 가까운 곳 알아보고 있어요.

- 그럼, 카페는 접으려고?

- 공방과 카페를 겸해서 해볼까 생각 중이에요. 이번에는 직접 지어보려고요.

바람섬 사장의 입에서 10억이라는 말이 나올 때 민준맘과 눈이 마주쳤다. 서로의 흔들리는 동공을 바라보면서 같은 생각을 하고 있다는 걸 알 수 있었다. 놀란 기색을 들키면 안 돼. 헐, 십억이라니. 농가 창고라고 헐값에 구입한 거 다 아는데 도대체 차익을 얼마나 남기겠다는 거야. 도둑놈. 육지 사람들 돈 버는 방법도 가지가지네. 쟤들이 와서 땅값을 올리는 바람에 정작 우리같이 없이 사는 도민만 피해 보고 있어. 사장이 주문을 받고 테이블을 떠났는데도 민준맘과 무언의 대화는 계속 이어졌다.

　- 정현맘, 방학 때 본가는 잘 다녀왔어? 오랜만에 남편 보니 좋았겠네.

　나연맘이 마주 앉은 정현맘을 향해 말했다.

　- 응, 그렇지 뭐. 정현이 공부 뒷바라지하느라 여기서보다 더 바빴어.

　- 방학인데?

　- 학기 내내 바다며 산이며 실컷 쏘다녔잖아. 우리 정현이 실력을 꿰뚫는 선생님이 그곳에 계시거든. 내려오기 전까지 정현이 맡아준 인연으로다가 특별히 봐주셨어. 1학기 깔끔하게 정리하고, 2학기 준비하고.

　- 자기야, 남편하고 떨어져 사는 걸 감내하면서까지 여기 내려온 이유를 잊은 건 아니야? 자연과 더불어 아이들을 자유로운 영혼으로 키우고 싶다며? 육지만 가면 병이 도지는구나.

민준맘 얘기에 모두들 키득키득 웃음을 참다가 한꺼번에 터졌다. 이곳으로 이주한 맘들은 하나같이 단층의 작은 학교와 초록의 천연 잔디 운동장에 반했다고 말한다. 그리고 토토로의 숲을 빼닮은 공원이 스스로 움직이게 했다고. 하지만 제아무리 아름답고 신비한 제주라 할지라도 아이들에게 여유와 행복을 선물하고 싶다는 트렌디한 마음을 한 달 이상 붙들고 있기란 쉽지 않은 모양이었다. 시시때때로 몰려오는 불안을 인규맘에게 맡기거나 시내 유명 학원으로 픽업하면서 잠재울 뿐. 문제는 단층의 작은 학교와 초록의 천연 잔디 운동장, 토토로의 숲에 매혹된 사람들이 끊임없이 생겨난다는 것이다. 그런 연유에선지 마을에는 엄마 혼자서 아이들을 돌보는 무늬만 한 부모 가정이 유독 많았다. 남편은 육지에서 경제를 담당하고 아내는 제주에서 낭만적인 육아를 실천하는 것이다. 그들은 마법이 풀리면 지체 없이 짐을 쌌다. 남아있는 아이들은 수시로 전학을 오가는 친구들에게 피로감을 느꼈다.

정현맘의 과외 얘기가 한창인 틈을 타 나연맘이 나를 향해 몸을 돌렸다.

- 서연이 영어 어떻게 할 거야? 딱히 계획 없으면 우리 나연이랑 같이 할래?

나연맘이 집요하게 내 팔을 붙든 이유를 알았다. 인규맘의 겨울방학 호주 한 달 살기. 자리가 하나 비는 바람에 진행에 차질이 생긴 것이다. 한껏 들뜬 목소리로 나연맘이 답을 재촉했다. 나는 서연이와 얘기해보겠다고 얼버무렸다. 식어버린 커피를 한 모금 마셨다. 깊고 그윽한 커피 향은 이미 차갑게 가라앉아 풍미를 느낄 수 없었다. 신맛이 입안을 가득 채우자 서연이도 호주 한 달 살기에 보내고 싶다는 생각이 끓기 시작했다. 생각이 시끄럽게 들끓을 때마다 얼음처럼 차가운 대출 이자 생각이 그 위로 쏟아졌다.

학부모가 되는 첫날, 나는 그럴듯한 육아 모토를 정했다. 물론 여기저기서 짜깁기한 것이지만 뿌듯했다. 스스로 노는 방법을 터득하는 아이. 엄마들이 모인 자리에서 나는 비음을 약간 섞은 우아한 목소리로 "저는 우리 서연이를 스스로 노는 방법을 터득하는 아이로 키우고 싶어서 이곳을 선택했어요." 라고 말했다. 이렇게 또박또박 말하고 나면 내가 그렇게 멋있어 보일 수가 없었다. 그동안 나름 만족하며 내세웠던 교육철학이 힘없이 와르르 무너지는 순간, 알았다. 내가 감염되었다는 것을. 그들의 바이러스는 고요하면서도 힘 있고, 보이지 않으나 자신을 정확하게 드러낼 줄 알았다.

- 밖에서 노는 시간을 일곱 시로 정했으면 좋겠어요. 아홉 시가 다 되도록 에스보드 타게 두는 것은 방치 아닌가. 방치도

아동학대라고 봐요, 나는.

테이블 끝에서 누군가의 볼멘소리가 들렸다. 밖에서 노는 친구들을 보며 떼쓰는 자기 자식을 달래기 힘들다는 속내를 그럴듯하게 포장한 소리다. 하지만 나는 그 어떤 소리도 귀에 들리지 않았다.

이곳에서 살아남기 위해 내게 필요한 것은 거리였다. 남편의 고향이지만 나에겐 한없이 낯선 땅에 불과했다. 우리가 이사하자 어머니는 기다렸다는 듯이 여기저기 아프기 시작했다. 남편은 어머니를 모시고 병원을 찾아다니느라 회사 업무를 제대로 볼 수 없었다. 다행히 며칠 입원하고 나면 컨디션이 회복되는지 집안일 정도는 할 수 있었다. 우리와 함께 살자 해도 어머니는 3층 계단을 오를 자신이 없다고 손을 저었다. 자식에게 짐 되기 싫다는 거였다. 하지만 점점 입퇴원 주기가 짧아졌고 가정경제는 기울기 시작했다.

우리 사정을 훤히 알고 있을 마을 사람들과도 근본을 알 수 없는 이주민들과도 섞이는 게 두려웠다. 내 패만 보여주고 치는 노름판 같았다. 이주민들 앞에서 나는 진짜 S리 사람처럼 행동했다. 이주민들은 내 말에 귀 기울였고, 집으로 초대하기도 했다. 힘이 가까이 와 있는 느낌이었다. 점점 마을 사람들보다 이주민들이 가깝게 느껴졌다. 하지만 시간이 가면 갈수록 더 이상 그들과 섞이고 싶지 않았다. 등교하는 아이들의 안전을 위해 신호등이 필요하다, 스쿨버스가 없는 학교가 어디 있느냐, 공동주택 내에 놀이터를 만들어 주라 등 그들은 수많은 요구를 내 앞에 풀어놓았다. 나중에는 공동주택 입주 기준을 투명하게 공개하라, 안정적으로 삶을 영위할 수 있도록 마을에서 일자리를 주선하란 요구까지. 내가 S리 사람이어서 하는 얘기겠지만, 나는 그들이 마을의 변화를 부르짖는 척하면서 투덜투덜 제 욕심만 채우는 이기주의자처럼 보였다.

사실 나는 그들의 이야기를 전할 창구 하나 갖고 있지 않았다. 해 봐야 남편 정도. 남편 찬스로 S리 사람이 된 내가 할 수 있는 건 없었다. 불가능한 그들의 요구는 내 안의 무력을 발아시켰다. 무력의 이파리는 환경호르몬처럼 교묘하게 몸속을 교란시키고 반응하게 만들었다. 절로 그들을 경멸하는 눈빛으로 모드 전환했다. 밑도 끝도 없이 가라앉은 채 나는 다시 금을 짙게 긋고 그들과 거리를 두기로 했다. 그랬던 내가 지금 그 금을 스스로 넘으며 그들의 자리에 끼고 싶어 하고 있다. 단지 그런 마음을 들키고 싶지 않을 뿐. 얼마나 낯 뜨겁고 초라한 짓인지.

처음부터 마을 사람에게 신분이 주는 힘이란 없었다. 힘은 독자적인 것이다. 조금씩 몸피를 불리면서 제가 기울고 싶은 방향으로 달리는 게 힘이다. 그것을 몰랐던 건 어설픈 경계의 토착민뿐이었다. 마을에 생명력을 불어넣어야 한다는 주장은 어디서 왔는지 아무도 반문하지 않았다. 나 같은 깍두기들이나 별 소득 없는 문장에 얽매여 스스로 가두었을 뿐.

엄마들의 이야기는 공개수업에서 학원, 호주 영어프로그램에서 갑자기 방향을 바꿨다. 제주의 도선료에 대해 불만을 털어놓다가 누군가 택배가 자주 사라진다는 말을 했고, 뒤이어 아주 작은 소리로 서연이 할머니를 봤다는 얘기가 흘러나왔다. 내가 무슨 얘기냐고 물으려는데 민준맘 핸드폰이 울렸다. 민준맘은 연신 네, 네, 네 하고 답했다. 엄마들의 시선이 민준맘에게로 쏠렸다. 핸드폰을 잡은 민준맘의 손이 가늘게 떨렸다. 민준맘이 학교에 문제가 생긴 것 같다고 서둘러 자리에서 일어났다. 안색이 좋지 않았다. 나는 서연이를 핑계로 민준맘과 함께 자리를 정리했다.

*

저녁 식사를 물리자마자 초인종이 신경질적으로 울렸다. 낮에 본 정현맘이었다. 정현맘은 시어머니댁과 가까운 곳에 지어진 타운하우스에서 살고 있다. 나는 어쩐 일이냐며 안으

로 들어오라고 말했다. 정현맘은 무에 화가 났는지 씩씩거릴
뿐이었다.

- 남편은 어머니 식사 챙기러 가서 없어요.

정현맘이 집 안을 한번 훑더니 신경질적으로 신발을 벗어
식탁 앞에 앉았다. 찻물을 끓이려고 전기 포트에 물을 받는데
정현맘이 다급하게 식탁에 앉으라고 했다.

- 서연이 엄마, 지금 차나 마실 때가 아니야. 내가 참다가
더 이상 참을 수가 있어야지.

- 무슨 일인데요?

- 요즘 동네에 택배 배송 사고가 자주 일어나는 거 알지?

- 그런가요?

- 그런가요라니. 자기 시어머니 짓인데.

- 무슨 그런 말씀을 하세요? 우리 시어머니가 택배를 훔치
기라도 했단 말이에요?

- 내가 말을 안 하려고 했는데. 서연이 할머니가 자꾸 우리
타운하우스에 기웃거린단 말이야. 말라 비틀어 빠진 귤이며
푸성귀를 집 앞에 버리기도 하고. 오늘은 늙은 호박까지. 아주
골치가 아파요.

- 설마요.

- 우리 집 택배, 당신 어머니가 가져가는 걸 본 사람이 있

대. 노인내가 무슨 노트북이 필요하다고.

- 노트북이라고요?

- 골프채 훔치는 걸 본 사람도 있어. 자기는 S리 사람이라면서 왜 이런 건 몰라? 자기 너무하는 거 아냐?

- 골프채를 어디에 쓴다고 우리 어머니가 훔쳤단 말이에요?

- 그야 모르지. 어디에 갖다 팔려고 했는지. 머리가 이상해진 건지.

- 너무 무례하시군요. 제가 확인하고 다시 연락 드릴 테니 이만 돌아가주세요.

- 뭐라고? 지금 노트북이 없어졌다구. 당신 어머니가 가져갔단 말이야. 내 말을 못 알아듣겠어? 말귀를 못 알아 들으니 경찰을 부를 수밖에 없겠네.

나는 정현맘을 돌려보내고 어머니 집으로 달렸다. 슬리퍼가 자꾸 벗겨져 몇 번이고 넘어질 뻔했다. 거칠게 안방문을 열었다. 나란히 마주 앉아 저녁을 하던 모자가 의외의 방문에 눈을 크게 떴다.

- 어머니, 혹시 옆에 타운하우스에 가신 적 있어요?

- 응, 서연이 친구들이 살잖아. 서연이 놀러가는 것 여러 번 봤어.

- 거기에 뭘 버렸어요?

- 버리다니. 우영밭 얼갈이와 상추가 좋아서 나눠 먹으려고 갖다뒀지. 오늘은 늙은 호박을 갖다 놓고. 서연이 엄마야, 늙은 호박이 아주 달더라. 가져가서 애들 먹여라.

- 어머니, 혹시 거기서 상자 같은 것 갖고 왔어요?

남편이 무슨 일이냐며 조용히 물었다.

- 골프채라든가, 노트북이라든가.

남편이 버럭 화를 냈다.

- 당신 지금 뭐하는 거야? 어머니가 골프채와 노트북은 왜 필요하고. 그런 걸 왜 갖고 와?

자초지종을 들은 남편이 어서 정현맘 집으로 앞장서라고 벌떡 일어났다.

- 타운하우스 클린하우스에서 골프채를 갖고 오긴 했지. 건넌방에 갖다 뒀어.

- 왜 가져오셨어요?

- 그 성한 걸 누가 버렸잖아. 혹시 서연이 필요할까 해서.

건넌방 창문 아래로 분홍색 골프채들이 신문지에 싸여 있었다. 골프채마다 이름이 적혀 있었다. 서연이네 반 친구 것이었다. 나는 서둘러 전화를 걸었다. 버린 골프채가 맞다는 얘기에 눈물이 쏟아졌다.

- 어머니, 이런 것을 마구 가져오면 안 돼요. 그리고, 음식도 갖다놓으면 안 돼요.

- 왜? 음식 나눠먹는 것도 죄라니?

- 사람들이 자기 집 앞에 음식물 쓰레기를 버렸다고 오해해요.

- 참, 사람들 눈이 어떻게 된 거라니? 음식물 쓰레기도 구분 못하고.

어머니는 자신의 호의를 왜곡한 타운하우스 사람들에게 서운하고 화가 났는지 저녁상을 한쪽으로 미루고 자리에 누웠다. 그리고 애들 기다린다고 어서 집에 가라고 등을 돌렸다. 며칠 후 노트북은 정현맘에게 잘 전달되었다는 소식이 들려왔다. 말 그대로 배송사고였다. 택배 기사가 번지수를 잘못 알았던 거였다. 그렇다고 정현맘이 오해해서 미안하다고 전화를 걸거나 찾아오는 일은 없었다.

*

민준맘이 학교에 불려간 얘기가 하루를 채 넘기지 못하고 온 동네를 훑고 지나갔다. 민준이가 한 달 살기로 내려온 아이의 얼굴에 손톱자국을 남긴 것이다. 그 집도 단층의 작은 학교와 초록의 천연 잔디 운동장, 토토로 숲의 주술에 걸려든 모양이었다. 다행히 아이의 상처는 깊지 않았다. 아이들이 왜 싸우게 되었는지 궁금해하는 사람은 아무도 없었다. 피해 아이의 엄마가 얼마나 화났는지가 중요했다. 담임 선에서 해결되지 않자 학교는 민준맘을 불렀다. 한 달 살기 엄마는 사과를 직접 받고 싶어했다. 민준맘은 아들과 함께 한 달 살기 패밀리 앞에서 무릎을 꿇고 사과했다. 치료비는 물론 차후 성형수술까지 책임지겠다는 각서까지 썼지만 한 달 살기의 화는 좀처럼 풀리지 않았다. 민준맘은 묵묵히 한 달 살기의 화를 받아 줘야만 했다. 그들이 한 달 살기를 무사히 마칠 그날까지.

한 달 살기 패밀리가 마을을 떠나기 무섭게 민준맘이 학교 앞 카페로 불렀다. 민준맘을 만나러 가는 길은 신호등 공사가 한창이었다. 민준맘은 맥주 500cc를 단숨에 마셨다. 민준맘이 입술에 묻은 하얀 거품을 소매로 쓸어내리며 그간 맺힌 설움을 한꺼번에 쏟아냈다. 놀이공원의 놀이기구 고르듯 한 달 살기로 내려와 등교시키는 것이 말이 되냐며 신랄하게 비판했다. 교장이 나서서 한 달 살기 아이들을 받아주는 걸 그만둬야 한다고 소리를 높였다. 이미 한 달 살기를 받아주지 않는 학교도 여럿 있는 모양이었다. 한 달 살기 아이들과 문제가 생겼을 때 문제를 해결할 물리적 시간이 턱없이 부족하다는 걸 이번에 느꼈다. 그리고 남아있는 아이나 떠나는 아이나 모두 불행할 거란 생각이 들었다. 나는 민준맘 생각에 동의한다며 맥주잔을 들었다. 민준맘이 시원하게 컵을 부딪쳤다.

- 민준 엄마, 이번 사건은 마을의 힘이 우리를 완전히 벗어났다는 걸 알려주는 신호탄이야. 아무리 S리 사람이라도 마을을 누리고 미련 없이 떠날 그들보다 강할 수 없는 거야.

뜬금없는 내 말에 민준맘이 벌써 취했냐며 핀잔이다.

- 자기야, 그 얘기 들었어? 이번에 이사 온 요가 강사 말이야. 요가수업을 열었는데 공동주택 사람들은 들어갈 수 없대.

- 왜? S리사무소에서 마을 사람들 대상으로 요가 프로그램 진행했잖아. 그때 반응이 안 좋았나.

- 아니, 그 수업받는 사람들이 공동주택 사람들과 함께 수업받고 싶지 않다고 했대. 타운하우스에 사는 호연맘과 이번에 2층 단독주택 지은 건이맘 있지.

- 건이맘? 건이맘이 누군데?

- 왜, 국제학교에서 전학 온 집. 거기가 그 멤버들인가 봐.

- 헐, 그럼 우리가 그들에게 왕따당하는 거야?

- 그런 셈이지. 이미 마을의 주인은 S리 사람이 아니야. 마을 지원금 받아 진행하는 도자기 프로그램도 모두 외지 사람들로 구성됐잖아. 자기들끼리 속닥속닥해서. 얼마 전에 부녀

회장이 이장 찾아가서 소리치고 난리도 아니었어. 마을에 봉사하는 마을 사람들을 쏙 빼고 마을회비 한 번 제대로 내지 않는 외지 것들만 챙긴다고. 그래서 도자기 프로그램이 하나 더 만들어졌어. 근데 거기에는 부녀회 사람들로 이미 신청이 끝났다네.

- 자기는? 자기 부녀회잖아.

- 응, 나는 어렵사리 꼽사리 꼈지. 근데 자리가 없어서 자기한테 얘기 못 했어.

집으로 돌아가는 길, 여덟 시가 넘도록 아이들이 마당에서 떼 지어 놀고 있었다. 우리 집에 왜 왔니, 왜 왔니, 왜 왔니? 꽃 찾으러 왔단다, 왔단다, 왔단다. 아이들은 이 놀이를 어디서 배웠을까? 꽃을 맡겨 두지도 않았으면서 당당하게 꽃 찾으러 왔다며 집 식구를 데리고 가는 놀이. 나는 꽃일까, 식구일까. 이미 커질 대로 커진 힘은 마을을 한 바퀴 돌아 땅값이 가장 많이 오른 윗동네로 굴러갔다. 엄마 부르는 소리에 아이들이 하나둘 사라진다. 조금 있으면 힘이 빠져나간 공동주택 위로 낡은 달 하나가 위태롭게 걸리겠지. 우리 집에 왜 왔니, 왜 왔니, 왜 왔니. 꽃 찾으러 왔단다, 왔단다, 왔단다. 무슨 꽃을 찾으러 왔느냐, 왔느냐…….

동거 同居

동거 _{同居}

뉴질랜드의 북동쪽, 폴리네시아와 피지 사이의 군도들이 움직인다. 거대한 지각변동이 내 식탁 위에서 예고되는가 싶어 자세히 보니 애집개미 한 마리가 움직이고 있다. 녀석의 가느다란 다리가 날짜변경선을 지나 태평양을 횡단하고 있다. 아내가 식탁을 행주로 닦자 약간의 물기가 남는다. 다행히 행주에 쓸리지 않은 애집개미가 움찔하는가 싶더니 백 년 전 제조상이 그랬듯 다시 바다를 건너고 있다. 아내가 감자볶음을 식탁 위에 올려놓는 순간 검지로 일개미를 꾹 누른다. 아내가 식탁 위까지 침범한 개미를 보면 한마디할 게 분명하기 때문이다. 집에 방역업체 직원이 있으면 뭐하냐는 말로 시작될 아내의 잔소리는 이스트가 들어간 반죽처럼 한없이 부풀 것이다.

2㎜ 크기의 애집개미가 검지 밑에서 압사당하는 동안 식탁 위에는 조촐한 밥상이 차려진다. 검지를 조심스레 들어본다. 아직 쿡 제도에 입도하지 못한 일개미. 아령 모양의 더듬이 하나가 잘려져 있다. 쿡. 쿡이라. 원주민에 의해 살해된 영국인 선장 캠프턴 쿡이 애집개미를 사자의 벗으로 끌어당기는 순간, 나는 숟가락을 든다.

집에 개미가 많다는 걸 안 것은 이사 온 지 삼 일이 지나서였다. 아내는 예기치 못한 개미와의 동거에 당황했지만 그게 바퀴벌레가 아니라는 것엔 안도하는 눈치였다. 하지만 그것도 채 하루를 넘기지 못했다. 주로 싱크대 쪽에서 출현하는 개미는 아내의 심기를 건드리기 일쑤였다. 그럴 때마다 나는 아내의 잔소리를 참아내기 위해 텔레비전 볼륨을 높여야 했다.

― 여보, 개미가 바퀴벌레 천적이라며? 개미가 바퀴벌레 알까지 다 먹나? 그래서 우리 집엔 바퀴벌레가 없나 봐. 이럴 줄 알았으면 방역한다고 사글세 좀 깎아달라고 했을 텐데.

아내는 집에 개미가 있어서 바퀴벌레가 살지 않는다고 생각하는 모양이다. 하지만 그것은 착각이다. 개미와 바퀴벌레는 먹고 먹히는 관계가 아니라 먹이를 두고 경쟁하는 관계로 보는 것이 맞다. 먹이가 풍부하다면 그들은 아무런 불평 없이 함께 공간을 나눠 쓸 것이다. 하지만 그렇지 못하다면 굳이 힘든 공서를 선택할 이유가 없다. 먼저 터를 잡은 게 개미냐 바퀴벌레냐에 따라 집주인을 놀랠 상대가 달라지는 것이다. 아내의 생각이 틀렸음을 말하려다 그만두기로 한다. 만약 바퀴벌레와 개미가 동시에 출현할 수 있다는 걸 아내가 안다면 날 가만두지 않을 게 확실하니까.

아내가 딸아이의 밥 흘리는 모습이 못마땅한지 숟가락을 빼앗아 든다. 그리고 억지로 밥을 떠 한 숟갈 집어넣는 내게 날카롭게 덧붙인다.

- 여보, 어머니가 집에 들르라고 전화하셨어. 나와 수진이는 안 가면 안 될까? 아파트가 낡아서 그런지 바퀴벌레가 많더라. 어머니는 꼭 밥 먹고 가라는데 수진이한테 바퀴벌레가 지나갔을지도 모를 밥을 먹일 순 없잖아. 어머니는 당신을 키우지도 않았으면서 어머니 대접은 받고 싶으신 모양이지? 자꾸 오라 가라시고. 어쨌든 당신 선에서 알아서 해줘.

간신히 식도로 넘긴 밥이 고스란히 가슴에 걸린다.

아내는 잠시도 가만있지 못하는 성격이다. 모처럼 쉬는 날, 해가 중천에 뜨도록 늦잠을 자리란 소박한 꿈마저 아내의 청소기와 걸레는 허락하지 않는다. 아내는 새로 나온 세제란 세제를 죄다 꿰뚫을 정도로 청소에 도가 튼 사람이다. 매일 닦고 쓰는 것도 모자라 며칠 전엔 로봇 청소기까지 사들였다. 어쩌면 아내와 내가 결혼한 것이 아니라 아내의 결벽증과 살충제를 뿌리는 내 직업이 결혼한 것인지 모른다. 아내는 집을 함께 나눠 쓸 대상으로 나와 수진만 허락한 것처럼 보였다. 생일 선물로 햄스터를 사달라는 딸아이의 부탁도 그 자리에서 매몰차게 거절한 아내다. 아내는 그 어떤 것도 집 안에 두는 걸 달가워하지 않는 것처럼 보였다. 티끌 하나까지도.

지인의 소개로 아내를 처음 만난 날이었다. 호텔 커피숍 테이블 앞에 앉은 그녀는 참으로 정갈해 보였다. 흘러내린 머리카락 하나 없이 곱게 올려 묶은 머리가 그녀의 성격을 말해주었다. 손톱을 바짝 깎은 하얀 손마디는 지금도 날 설레게 한다. 그녀는 내가 해충박멸업체 직원이라는 것에 강한 호기심을 느꼈는지 의자를 테이블 쪽으로 바짝 끌어당겼다. 그녀는 회사에서 사용하는 살충제가 인체에 아무런 해가 없는지 물어봤다. 그리고 미물이라도 생명이 있는 곤충을 가지고 밥벌이하는 심정이 어떠냐고 은근히 자존심을 건드는 질문도 서슴없이 했다. 그녀는 새로 이사한 자취방에 바퀴벌레가 많아 놀랐다면서 너스레를 떨었다. 시카고에서는 모든 아파트 임대계약서에 바퀴벌레 방제에 대한 약관이 기록될 정도라나 뭐라나. 그녀는 자취방 바퀴벌레 소탕 작전이 무슨 인천상륙작전이라도 되는 양 이야기했다. 약국에서 사온 살충제를 살포하고 뒷날 수북하게 쌓인 바퀴벌레 사체를 쓰레받기에 쓸어 담을 때 묘한 흥분을 느꼈다고 작은 목소리로 고백할 때 나는 그녀의 손을 꼭 잡았다.

*

일곱 살 때였나. 우리는 골목 맨 안쪽 슬레이트집에 살았다. 큰 길에서 우리 집까지 가려면 생긴 게 고약한 팽나무를 지나야 했고 간혹 돌담과 돌담 사이에 회색빛 몸뚱이만 내놓고 느리게 기어가는 구렁이를 넘어야 했다. 그런 골목 맨 끝에 나를 세워 두고 어머니는 월남치마를 끌며 골목을 빠져나갔다. 용하단 점쟁이만 아니었어도, 동백다방 미스 서만 아니었어도 어머니는 날 버리지 않았을지 모른다.

캄캄한 하늘이 너무 맑게 보여 당황스러운 밤, 내 손을 꽉 잡은 어머니의 손이 찢어진 만국기처럼 아무렇게 흔들린다. 그 바람에 심장까지 마구 흔들리는 기분이다. 손을 놓고 싶은 생각이 굴뚝같지만 그럴 수 없다. 어머니는 점쟁이가 일러준 집 앞에 멈추더니 잠시 하늘을 올려다본다. 하늘엔 별들이 총총하고 어머니 눈 끝엔 어떤 다짐의 빛들이 총총하다.

- 졸지 말고 여기서 꼭 지키고 있어. 쥐새끼 한 마리도 빠

져나가지 못하게. 알았지?

나는 무서워서 어머니 치마 끄트머리를 잡고 고개를 끄덕이지만 두 발은 어머니를 쫓고 있다. 한 번의 망설임도 없이 어머니의 우악스러운 손이 그 집 문을 연다. 아버지와 미스 서의 발가벗은 모습이 아주 느리게 보이는가 싶더니 이상한 통로를 빠져나오기가 무섭게 시간이 순식간에 흐른다. 난 심한 멀미를 느낀다. 멀리서 어지러운 밤이 사기그릇처럼 깨지는 소리가 들린다.

*

정신과 진료실 앞에서 심호흡을 하고 들어선다. 어머니의 주치의는 젊은 여의사다. 별로 신뢰가 가지 않는다. 젊다는 것과 여자라는 것, 게다가 여자의 입술 주변에 난 부스럼이 믿음을 깨고 있다. 여자는 모니터를 내가 서 있는 방향으로 돌린다.

- 이게 환자분의 뇌를 MRI로 찍은 겁니다. 자세히 보시면 좌뇌와 우뇌 크기가 다르다는 걸 알 수 있습니다. 특히 전두엽 부분이 쪼그라들어 있어요. 혹시 과거에 환자분이 심하게 머리를 다친 적이 있었나요?

모니터에서 눈을 떼지 못하는 내게 의사가 묻는다. 어머니의 무수한 외상 중에서 지금 이 지경으로 몰고 간 원인을 찾아야 하다니. 머릿속 서랍을 뒤지며 답을 찾지만 쉽게 대답하지 못한다. 내가 아는 어머니의 과거는 아주 일부분에 불과하다. 없는 살림에 큰댁에 오백만 원을 뺏기다시피 빌려주고 돌아오다 아버지 오토바이 뒤에서 떨어질 때였을까, 아버지의 숨겨둔 여자를 어머니가 찾아냈을 때였을까. 순간 어머니 얼굴에 수국처럼 푸르게 푸르게 꽃잎을 펼치던 멍 자국이 결을 세우며 바다가 되어 출렁인다. 이 대목에서 나는 아버지와 아버지의 여자들을 치 떨며 저주해야 하는 건가. 하지만 아버지에 대해서 아무런 마음의 동요가 일지 않는다.

 - 그럼, 어머니가 이렇게 변한 게 머리에 가해진 외상 때문이란 말씀인가요?

 - 검사 결과로 보면 그렇다고 볼 수 있죠. 이 전두엽 부분이 운동과 언어, 판단과 같은 고도의 정신 작용을 담당하는 곳이에요. 지금 환자분이 말하는 게 어눌하고 인과관계에 맞지 않다거나 주변에서 사람들이 자신을 감시한다고 생각하는 게 다 이 부분에 문제가 있기 때문입니다. 경찰관의 말에 의하면 간밤에 아파트 층마다 남자들이 자신을 겁탈하려고 한다며 소동을 일으켰다죠?

 - 어머니는 이십 년 넘게 우울증 약을 복용하셨어요.

- 외상성 치매가 확실합니다. 물론 우울증으로 오진할 수 있어요. 치매 증상 중 대표적인 게 우울증이니까. 이제 확실한 원인을 알았으니 치료방법을 바꿔야겠지요. 문제는 환자분이 치매에 걸리기엔 아직 젊으시다는 것과 완치가 안 되는 병이란 거지요. 단지 병의 속도를 좀 늦추는 것 외에는.

진료실 문을 열자 어머니와 어머니의 동거남이 얼른 일어난다. 검사결과가 궁금한지 내 입만 주시하고 있다. 그저 우울증 약의 부작용이라고 얼버무린다. 어머니는 가슴이 탕탕 뛰는지 손을 가슴께로 가져다 댄다.

- 회사는 어떡하고 병원에 온 거야? 수진이는 언제 와?

어머니는 아무 일도 없었다는 표정이다. 기다림에 지친 손으로 내 볼을 어루만진다. 이런 어머니한테서 간밤에 있었던 소동의 흔적을 찾아내기가 쉽지 않다. 치매라니. 모니터의 뇌와 머리가 잘리고도 움직임을 멈추지 않는 바퀴벌레가 오버랩된다. 누군가의 신창에 찢어졌을 비대칭의 날개. 저 퇴화된 날개를 들추면 키틴질의 고광택 골격이 드러나겠지. 게다가 그 아래에는 까만 다리와 건들거리는 더듬이며 일곱 개의 복절이 보일 것이다. 바퀴벌레는 두 개의 뇌를 가진 괴물이다. 두 개의 자율적인 뇌 덕분에 단두되더라도 자신이 죽은 줄 모른다. 배고픔을 더 이상 참을 수 없을 때까지 수 주 동안 살아남을 수 있는 것이 바퀴벌레다. 외부의 충격으로 분리된 두 개의 신경회로가 어머니를 고광택 키틴질의 껍질로 에워싸고 있다니 있을 수 없는 일이다. 오진임에 틀림없다.

*

아버지는 어머니가 긴 골목을 빠져나가기가 무섭게 스무 살이나 어린 미스 서와 살림을 차렸다. 미스 서는 동네 사람들에게 유부남을 꼬여 가정이나 빼앗는 파렴치한으로 보이는 게 싫었던 모양이다. 마음씨 착한 계모처럼 긴 생머리를 과감히 자르고 아줌마 파마를 하고 나타났다. 그리고 어머니가 두고 간 월남치마를 입었다. 마치 결혼비행을 마친 여왕개미가 새 살림을 차리기에 앞서 제 날개를 부러뜨리듯.

미스 서가 어머니를 밀어내고 안방을 차지하고부터 아버지는 나를 자주 골방으로 몰았다. 아버지와 미스 서가 발가벗은 채 벼랑 끝으로 어머니를 밀치는 꿈을 꾼 날은 꼭 심한 경기를 했다. 그때를 빼고는 안방에서 자는 횟수가 점점 줄어들었다. 골방은 어둡고 습했다. 게다가 아무 때나 바퀴벌레들이 나타났다. 서걱거리는 소리 끝에 어김없이 나타나는 바퀴벌레에 놀라는 건 며칠에 불과했다. 바퀴벌레 두 마리가 노란 장판을 밟고 분연히 일어섰다. 원을 그리며 빙빙 도는가 싶더니 죽마 탄 자세로 격렬한 격투를 벌이기 시작했다. 그들은 군진을 지키기 위해 목숨까지 내놓을 정도로 용맹스러웠다. 나는 어서 커서 강해지리라 다짐했다. 비겁하게 어둠에 놀라 벌벌 떠는 졸장부는 되지 않겠다고. 바퀴벌레처럼 영민하고 용감해져서 어머니와의 약속을 꼭 지키겠다고. 미스 서 머리채를 잡고 이 길고 긴 골목을 휘젓고 다니며 어머니 앞에 무릎 꿇게 만들겠다는 약속. 부화하고 남은 바퀴벌레 알주머니가 가볍게 날리면 골목 끝에서 어머니의 목소리가 들리는 것 같았다. 중학교를 졸업하면 꼭 데리러 온다는 어머니의 눈물 섞인 목소리.

*

남자가 안주머니에서 담배를 꺼내기가 무섭게 어머니의 머리가 납작한 타원으로 바뀐다. 얼굴이 아래로 향하는가 싶더니 방패처럼 생긴 두개판으로 밀폐된다. 안정된 각도로 두 개의 더듬이가 솟자 어머니의 작은 체구를 이루던 척추가 녹는다. 어머니의 등은 작은 돌기들이 무수하게 박힌 중세의 갑옷으로 갈아입는다. 절도 있게 보이는 이음새는 마치 셔터처럼 감아올릴 수 있도록 설계된 것 같다. 뻐센 털들이 돋아난

여섯 개의 다리가 나오자 날개가 채 돋기도 전에 어머니의 변신은 끝난다. 어머니는 비에 젖은 랜드로바 단화에 바니시를 칠한 듯한 색깔의 바퀴벌레로 변해 있다. 어머니는 두 개의 큰 갈고리 발톱이 달린 발로 남자의 소맷부리 속으로 들어간다. 남자의 겨드랑이 근처에서 쉬, 쉬 하는 소리가 들린다. 어머니가 기문을 통해 남자에게 속삭이는 모양이다. 입원절차를 밟는 동안 나는 어머니에 대한 측은함보다 남자에 대한 불편함으로 거북하다. 남자는 어머니의 변신을 못마땅하게 생각하는 것 같다. 자꾸만 시계를 들여다보는 남자의 태도가 미심쩍다. 어머니 역시 그런 남자의 변화를 감지했는지 130마디로 이루어진 더듬이를 움직여 남자의 쇄골 부분까지 올라와 있다. 2천 개의 팔각형 렌즈들로 이루어진 어머니의 눈에 나는 비치지 않는 모양이다. 어머니는 남자의 어깨 위에 앉아 있다.

다행히 독실이 하나 있다는 병원 직원의 안내를 받아 어머니 짐을 푼다. 어머니는 병실 구석에 놓인 침대 밑으로 쏜살같이 사라진다. 남자는 그런 어머니의 행동을 본체만체 자꾸 거스러미 투성이의 손으로 입가를 만진다. 할 말이 있는 모양이다. 나는 남자의 시선을 부러 피한다. 어머니는 어느새 엷은 초록색 페인트가 칠해진 천장으로 올라가 있다. 어머니가 벽에 그리고 있는 수직과 수평의 교차점만으로도 벌써부터 현기증이 인다. 어머니를 겨우 침대 시트 위에 눕히자 간호사가 들어온다. 간호사는 난감한 표정을 짓더니 어머니의 오른쪽 첫번째 다리에 링거를 꽂는다. 신경안정제를 맞은 어머니는 무겁고 긴 더듬이를 내려놓더니 금세 잠이 든다. 가끔 무릎관절 아래에 있는 귀에서 무슨 소리가 들리는지 다리를 파르르 떤다.

- 말도 마. 어젯밤 어머니가 어떤 짓을 벌였는지 자네가 직접 봤어야 했는데. 경찰 부르고 119 부르고 아파트에서 쫓겨나는 줄 알았다니까. 자네 어머니가 며칠 전부터 애먼 소리만 하더니 아니 세상에 날더러 도둑놈이라고 하질 않나, 맞은 편집에서 자길 탐하려고 사내가 자꾸 자길 쳐다보고 있다고 하질 않나.

남자는 나이에 비해 늙고 뚱뚱한 어머니의 모습을 보고 어느 남자가 품고 싶은 마음이 들겠냐며 남자로서의 동의를 구하는 눈치다.

- 이거야 참. 자네도 알다시피 다 그 우울증 약 때문이야. 약 때문에 살만 찌고 약 때문에 잠만 자고. 자네 어머니처럼 게으르고 지저분한 여자는 없을 거야. 왜 정신력으로 이겨내지 못하는지.

남자는 약만 먹으면 무력해지고 잠만 자는 어머니에게 약을 주지 않은 모양이다. 그리고 내가 자주 어머니를 찾지 않은 것에 대한 책망을 한다.

- 요즘 기름 값이 하늘 높은 줄 모르고 오르고 있는데 내가 어머니 병 고칠라고 안 가본 데가 없네. 산이고 바다고. 가슴이 답답하다고 할 때마다 아껴 둔 돛대도 양보하고. 그렇다고 자네 어머니가 돈 한번 내놓는 줄 아나. 솔직히 자네 어머니 마음씨가 고와 내가 같이 살고는 있지만⋯⋯.

남자의 말이 쓸데없이 길어진다. 나는 지갑에서 십만 원을 꺼내 남자의 주머니에 넣어준다. 남자는 기다렸다는 듯 헛기침을 하더니 어머니 꼬리털을 손끝으로 툭툭 치고는 병실을 급히 나간다. 남자의 행동에 멱살을 잡고 싶지만 참는다. 침대 위에 누워있는 어머니를 바라본다. 눈이 편안해짐을 느낀다. 어머니의 변신은 심장의 위치마저 바꾼 모양이다. 복부 마디에서 심장 소리가 조용히 들린다. 숨을 쉴 때마다 아주 고요하게 움직이는 둥근 배 위에 얼굴을 가져다 댄다. 어머니와 단둘이 있어 본 적이 얼마만인가. 순간 남자의 퇴장을 감지한 것인지 더듬이가 빠르게 움직이더니 어머니가 잠에서 깨어난다. 그리곤 숨 고를 틈도 없이 남자를 찾는다. 어머니의 눈엔 정말 내가 보이지 않는 것일까.

*

　벽을 타고 들려오는 미스 서와 아버지의 거친 숨소리에 잠에서 깼을 때 눈에 들어온 것은 꽁무니를 붙인 채 기어 다니는 바퀴벌레 한 쌍이었다. 살충제를 들자 귀가 자꾸 커지더니 벽에 가 붙었다. 자꾸 커져가는 게 두 귀와 심장 뛰는 소리 말고 또 하나가 있다는 걸 안 순간 당황스러웠다. 내 생애 첫 사정을 촌스런 벽지 위에 해버리다니. 나는 벽에 묻은 정충을 향해 스프레이 살충제를 뿌리며 두 번째 사정을 했다. 살충제는 하얀 거품을 물며 벽에서 누런 장판으로 흘러내렸다.

　아버지는 미스 서 말고도 여자가 많았다. 미스 서는 어머니처럼 골목 밖 용한 점쟁이를 찾아 나서지 않았다. 흙바닥이었던 골목이 시멘트 골목으로 바뀌었지만 여전히 골목은 길었다. 미스 서는 그런 골목을 구차한 월남치마를 끌고 빠져나가지 않았다. 대신 으슥한 밤 팽나무 뒤편에서 돌담을 넘는 일이 잦아졌다. 하루는 학교에서 돌아오는데 팽나무 뒷집 용철이 형이 우리 마당에서 후다닥 나오는 걸 봤다. 대문으로 들어서자 미스 서가 부엌에서 나오며 나를 맞았다. 비음 섞인 목소리로 노란 샤스 입은 사나이를 부르며 마루로 향하다 애집개미의 행렬을 보고 털썩 주저앉았다.

- 이 불개미들은 사라질 줄을 몰라.

미스 서는 마루를 기어가는 애집개미를 매니큐어 바른 검지로 꾹꾹 눌러댔다. 그날 밤 출출한 마음에 부엌 찬장을 열자 바퀴벌레의 빠른 움직임 대신 애집개미가 눈에 들어왔다. 순간 왠지 모를 화가 치밀었다. 찬장 깊숙이 자리한 꿀단지 주변이 온통 개미에게 잠식당했고 이미 수십 마리는 그 속에 빠져 노랗게 가라앉고 있었다. 그리고 꿀단지 뒤로 미스 서의 정액 묻은 팬티가 보였다. 미스 서가 결혼비행이 필요 없는 애집개미였음을 왜 미처 몰랐을까. 군락 내의 형제들과 거리낌 없이 교미하는 여왕개미. 어머니가 아버지를 미스 서와 나눠 가질 수 없어서 집을 버렸다면 미스 서는 물리적 집의 개념을 확장하는 상상력을 발휘했다. 아버지를 포함한 여러 남자와 함께 살이를 시작한 것이다. 나는 그런 동거에 합의할 수 없었다. 골목을 뒤돌아보지 않고 뛰어나오다 팽나무 근처에서 두 눈을 질끈 감았다.

*

어머니는 어두워지도록 남자가 돌아오지 않자 여섯 개의 다리로 남자에게 전화를 건다. 무심히 반복되는 연결음에 화가 난 어머니가 갑자기 링거주사를 뽑는다. 시트를 적신 건 붉은 피가 아니라 노란 체액이다. 어머니는 가방에서 버지니아 슬림을 꺼내 단단한 키틴질의 이빨로 문다. 놀란 간호사가 억센 가시털 사이로 혈관을 찾으며 어머니의 흡연을 눈감아 준다. 어머니는 젖먹이가 어미를 찾듯 그렇게 남자를 찾고 있다. 단축키를 누르고 또 누르고. 여전히 남자의 목소리가 흘러나오지 않는 휴대폰을 던지며 거친 다리로 간호사의 팔을 할퀴며 욕을 해댄다. 욕은 어머니한테서 쫓겨나다시피 나올 때 들은 것과 같다.

- 갈보 년 똥구멍이나 핥을 놈. 에잇, 똥갈보. 어서 내 집에서 나가. 어디 뒹굴 년이 없어서 갈보 년과 놀아나.

집에서 도망치듯 나와 제일 먼저 어머니를 찾아갔다. 어머니를 만나면 보드라운 어머니 품에서 그간 참았던 눈물을 다 쏟으리라 했다. 하지만 해후의 기쁨은 길지 않았다. 그냥 자신이 없었다. 예전보다 많이 늘어난 어머니의 몸피와 회색빛 눈썹 문신, 역한 담배 냄새 때문은 아니었다. 그저 생물학적 모자 관계라는 사실로 서로 가까워지기를 기대한다는 건 어리석은 짓이란 생각이 들었다. 그것은 어머니도 마찬가지였을 것이다. 어머니는 대여섯의 남자들과 술을 마시고 있었다. 한 남자가 돼지기름으로 번들거리는 입을 손으로 훔치며 내게 술잔을 건넸다. 어머니의 팔자타령이 끝도 없이 이어지자 남자들이 부른 배를 두드리며 자리에서 일어섰다. 어머니는 아쉬운 눈치를 보냈다.

　- 김씨, 그 전에 내가 알아봐달라고 했던 땅 말이야, 거기가 도시개발로 묶일 거라는데 정말이야? 우리 엄마가 혼자 된 딸 가엾다고 떼어 준 그 땅 말이야.

　어머니의 말에 남자들은 들었던 엉덩이를 다시 바닥에 뭉갰다. 남자들은 아파트와 땅을 팔아 전원주택을 사자고 꼬드겼다. 한 번 사는 인생 구질구질하게 살 이유가 어디 있냐며. 밤이 깊어지자 사내들이 모두 자리에서 일어났다. 하지만 끝까지 자리를 지키고 있던 김씨가 자꾸 내 머리를 쓰다듬었다. 어머니가 건넌방에 내 이부자리를 마련해주었다. 김씨는 날이 밝아서야 현관을 나섰다.

　어머니 집에는 매일같이 남자들이 술병을 들고 찾아왔다. 어머니의 술상에 수육 대신 장어구이가 올라왔다. 그간 상 귀퉁이를 지키던 소주가 밀려나고 어울리지 않게 포도주가 머그컵에서 출렁이고 있었다. 어머니의 네 번째 남자가 현관문을 딴 날이었다. 어머니 울음소리와 콧소리가 밤새도록 그치지 않았다. 남자가 키 하나를 받아들고 집을 나서기가 무섭게 어머니 앞에 섰다. 붉은 자운영이 어머니의 굵은 목과 가슴에 걸쳐 군락을 이루고 있었다.

- 어머니는 자식 보기 창피하지도 않으세요? 제발 술 좀 그만 드시고 정신 좀 차리세요. 남자들이 어머니를 사랑해서 매일 들락날락하는 줄 알아요? 다 어머니 재산이 탐나서 껄떡거리는 걸 왜 어머니만 모르세요?

매일같이 어머니 곁으로 남자들이 꼬여드는 이유가 어머니의 매력보다 돈 때문이라는 게 어처구니없었다. 게다가 어머니의 밤을 지켜주는 남자 중에 유부남도 있었다. 시퍼렇게 어린 여자에게 남편이랑 자식까지 뺏긴 어머니가 남의 가정을 탐내다니 그 마음을 이해할 수 없었다. 하지만 내게 돌아온 것은 듣도 보도 못한 욕들이었다.

- 이 똥갈보 년. 갈보 년과 살 섞고 와서 어디서 개수작이야? 하수구 썩는 내 나는 아가리 치워. 갈보 년 핥던 헛바닥을 확 뽑아버려야지. 내 나이 열아홉에 네 아버지한테 시집가 평생 두들겨 맞다가 쫓겨난 것도 억울한데 어떻게 감히 네가. 네 아버지랑 이혼하고 나 좋다고 쫓아다니는 사내 있어도 재혼 안 했다. 다 너 때문에. 어린 새끼 떼어내고 도망 나온 죄책감에 밤마다 아기 울음소리만 들려도 안절부절못하던 나였다. 난 널 낳은 이후로 한 번도 아이를 갖지 않았어. 뭐, 미스 서 그년 머리채를 채다가 내 앞에 갖다 놓겠다고? 웃기는 소리하고

있네. 어서 내 집에서 당장 나가.

어머니 집을 나오면서 두 번 다시 어머니를 보지 않으리라 다짐했다. 애초에 내겐 어머니 같은 건 없다고 자위했다. 순진하게 어머니의 젖무덤을 그리워한 자신이 너무 밉고 불쌍했다. 어차피 어머니의 공간에 예고도 없이 들어간 것은 나였다. 당연히 어머니라면 아들과 함께 살기를 바랄 것이라 생각한 게 오산이었다. 세상엔 당연이란 있을 수 없다. 자꾸 흐르는 눈물 때문에 고개를 숙이고 걸었다. 삐죽 솟은 보도블록에 발이 걸렸다. 블록의 정렬을 깬 것은 다름 아닌 개미집이었다. 나는 신경질적으로 개미집을 찼다. 어디에 그렇게 많은 개미들이 숨어있었는지 시커멓게 몰려들었다. 우왕좌왕하던 개미떼가 바지 위로 기어올랐다.

어머니가 사라진 유년의 골목에서 나를 키운 것은 개미집이다. 어머니가 보고 싶다고 대들었다가 아버지에게 뺨을 맞고 쓰러진 날이었다. 얼마나 세게 맞았는지 귀 주변까지 얼얼했다. 입에서 피가 흘러 화단을 향해 침을 뱉었다. 그때 앞니가 빠진 걸 알았다. 피 때문에 붉어진 앞니 주변에서 개미 한 마리가 원을 그리고 있었다. 나는 화풀이할 양으로 개미를 잡아다가 여섯 개의 다리를 모두 떼어냈다. 그런데 자꾸 내 앞니로 개미들이 모이기 시작했다. 난 병을 가져다가 그 개미들을 잡아넣었다. 개미가 든 병을 마구 흔들기도 하고 물을 넣기도 하며 어머니를 향한 그리움을 조금씩 죽였다. 개미집을 발견한 날부터 나는 급속도로 자랐다. 소녀의 가슴처럼 봉긋한 흙무덤, 그 정상에 조그맣게 난 구멍은 정말 신기했다. 구멍 안이 너무 궁금했지만 아무리 들여다봐도 아무것도 보이지 않았다. 나는 구멍에 물을 붓거나 나뭇가지로 헤집는 일을 하며 하루를 보냈다. 개미가 지나가는 길목을 지키다가 침으로 원을 그려 꼼짝 못하게 만들기도 하고 날개 달린 녀석들을 잡아다가 날개를 모조리 떼놓기도 했다. 그러다가 개미에게 물렸다. 나는 화가 나서 개미집을 발로 부쉈다. 어지럽게 쏟아져 나오는 개미떼. 나는 개미들을 밟으며 이상한 기분을 느꼈다. 죽어라, 죽어라 외칠수록 자꾸 강한 힘이 생기는 것 같았다.

*

남자를 기다리기가 너무 힘겨웠던지 어머니가 침대에서 몸을 날리는 바람에 링거주사가 또 빠졌다. 다행히 단단한 키틴질 외투 덕분에 다치지 않았다. 어머니는 남자가 있는 집으로 가겠다며 문 앞을 어지럽게 맴돈다. 간호사가 담당의에게 처방받은 신경안정제를 주사했지만 소용없다. 나는 어머니가 좋아하는 복숭아를 깎아 어머니 앞에 둔다. 어머니는 손가락 모양의 위턱 촉수와 입술 촉수를 물 많은 과육에 찔러 맛을 확인한다. 복숭아는 식도를 지나 위 속 치아에서 잘게 잘려질 것이다. 흡수되지 않은 것들은 다시 내장으로 흘러들어가 작은 환약 모양으로 몸을 빠져나올 것이다.

- 나도 안다. 그 사람이 돈 때문에 나랑 산다는 거. 어쩌면 지금쯤 온 방을 뒤집어 놓았을지도 모르지. 내 복력에 무슨.

어머니가 뱉은 말이 하도 의외여서 자연스레 눈이 커진다. 어머니는 원래의 모습으로 돌아와 문을 등지고 앉아 있다. 가방에서 무언가 찾는가 싶더니 열쇠꾸러미를 꺼낸다. 그것을 내미는 어머니 손등이 거칠다.

- 그래도 그 사람 미워하지 마라. 여자 혼자 사는 게 얼마나 고단한지 넌 모를 거다. 그나마 병든 날 버리지 않고 이렇게 살아주니 고맙단다. 적어도 내가 죽으면 치워줄 사람 하난 있어야 하지 않겠니.

약 기운이 이제야 퍼지는지 어머니 눈꺼풀이 반쯤 내려와 있다. 어머니는 길게 숨을 내쉬고 매니큐어가 벗겨진 손을 내 손등 위로 포갠다.

- 네가 미스 서를 어머니로 불렀던 것처럼 그 사람을 아버지라고 불러줄 순 없겠니?

말이 끝나기도 전에 어머니를 밀치며 벌떡 일어난다. 아버지에게 그렇게 당해놓고 그런 놈을 아버지라고 부르라니 어머니의 말에 화가 치민다. 미스 서를 어머니로 부른 세월이 내게 얼마나 큰 고통이었는지 알면서 어미가 되어 그런 걸 조건이라고 걸다니. 남자라고 하면 사족을 못 쓰는 어머니를 더 이상 참아내기 힘들어 어금니를 문다. 단호하게 안 된다고 말하려고 미간에 힘을 주는 순간 바퀴벌레로 변한 어머니가 침대 아래로 재빠르게 숨는다.

*

어머니는 내게 병원비로 짐 되기 싫다고 통장을 가져오라고 주문했다. 집에 들어서는 순간 발등 위로 작고 날카로운 것이 지나간다. 사람 없는 집이라고 바퀴벌레들이 활개를 치고 있다. 어머니가 사라지기를 기다렸다는 듯 집 전체를 자신의 동굴로 만들어버린 바퀴. 가방에서 바퀴벌레 살충제가 들어 있는 주사기를 꺼낸다. 거실을 지나 안방 미닫이를 연다. 짙은 밤색의 장롱 앞을 독일바퀴벌레 암컷이 지키고 있다. 알주머니를 품은 탓에 몸이 무거운지 움직임이 둔하다. 암컷은 알주머니를 내려놓을 안전한 장소를 찾고 있는 중이다. 조금 있으면 유충들이 알주머니 솔기를 찢고 결박되어 있던 더듬이와 긴 다리를 흔들며 한 세대를 이어가겠지. 바퀴벌레 암컷은 한 번의 교미로 평생 알을 낳을 수 있다. 수컷의 정액을 평생 몸에 지니고 있다가 자발적으로 임신할 수 있는 능력이 인간에게도 있다면 어떨까.

장롱 문을 열고 손을 깊숙이 넣는다. 어머니 말처럼 가방 손잡이가 잡힌다. 가방을 들어내고 장롱 깊숙이 넣어둔 보자기를 찾는다. 옷가지 사이로 엷은 분홍색 보자기가 나온다. 맞은편 모퉁이를 잡아 묶은 게 야무지다. 보자기 안에서 여러 가지 물건이 쏟아져 나온다. 어머니는 금니 두 개를 하얀 종이에 곱게 싸서 보관 중이다. 여러 가지 서류 뭉치가 헝클어진 옷가지 몇 개와 한 번도 입지 않은 속옷들과 엉켜 있다. 그 속에서 툭하고 작은 열쇠 하나가 떨어진다. 다용도실 열쇠다. 세금 영수증이며 호적등본, 어머니 소유로 된 아파트와 외할머니로부터 물려받은 땅의 등기부등본 등이 살을 섞듯 돌돌 말아져 있다.

무심코 어머니의 호적등본을 펼친다. 외조부부터 시작된 호적은 열 장 가까이나 된다. 어머니 이름 밑으로 적힌 글씨를 따라 읽어 간다. 순간 몸이 얼어붙는 것 같다. 어머니가 왜 약속을 지키지 않았는지 알 것 같다. 어머니의 재혼과 이혼. 분명 어머니는 나를 잊지 못해 여태 혼자였다고 입버릇처럼 말하지 않았던가. 아무리 어머니 곁에 남자들이 꼬여도 한 번도 결단코 단 한 번도 식을 다시 올린 적은 없다고 말하지 않았던가. 온몸이 찢어지는 통증에 숨쉬기가 힘들다. 어머니의 남자들이 바뀔 때도 이러지 않았다. 홀로 된 어머니가 가여울 뿐 모든 상황이 이해된다고 자부했다. 어머니가 좋은 사람을 만나 개가를 했으면 하고 바란 적도 있다. 하지만 지금 내 몸에서 일어나는 화학반응들은 어디서 시작된 것일까. 불덩어리 같은 것이 가슴에서 머리로 올라가는 기분이다. 심호흡을 하면서 숫자를 세어 본다. 하나, 둘, 셋……. 좀처럼 마음의 불이 꺼지지 않는다. 어머니의 부정을 훔쳐본 것 같은 생각에 머리를 흔든다.

다용도실 자물쇠에 열쇠를 넣는데 자꾸 손이 헛돈다. 어머니는 다용도실에 고장 난 전기밥솥을 넣어두었다고 했다. 뚜껑을 열면 집과 땅문서, 인감도장과 인감증명서, 통장이 오롯이 있을 거라고. 다용도실 안은 세간으로 어지럽다. 물건들 사이로 바람보다 빠른 움직임이 보인다. 놀란 바퀴들이 장조림처럼 짤조름한 그림자를 끌고 숨을 곳을 찾는다. 엎어둔 고무대야를 꺼내자 바퀴벌레 사체들이 가볍게 뒹군다. 전기밥솥하나가 보인다. 유행 지난 빨간색 쿠쿠다. 모자가 긴 골목을 빠져나와 처음으로 마주 앉은 날, 어머니는 아들에게 밥을 지어준다고 쿠쿠를 사왔다. 따뜻한 밥 한 술이 식도를 넘어가자 모자간의 거리가 조금 가까워지는 것 같았다. 하지만 그것도 잠시 어머니는 쿠쿠를 닦고 또 닦으면서 남자들의 방문을 기다렸다. 색 바랜 빨간색 쿠쿠를 보니 머큐로크롬을 바른 어머니 유륜이 떠오른다. 생의 잇몸이 여물면서 더 이상 열리지 않던 어머니 유방.

찰칵. 쿠쿠의 뚜껑이 반사적으로 열린다. 말라붙은 밥알 몇 개가 보인다. 묵직한 서류들과 통장 뭉치가 있으리란 예상과 달리 텅 비어있다. 둔기를 맞은 것처럼 뒷목이 뻣뻣해진다. 내솥을 들어내려고 하자 쉽게 빠지지 않는다. 뭔가 들러붙은 느낌이다. 밥솥을 다용도실에서 꺼낸다. 두 발로 밥솥을 누르며 힘껏 내솥을 잡아당긴다. 밥 뭉치가 화석처럼 딱딱하게 굳어 있다. 자세히 들여다보니 시맥까지 볼 수 있을 정도로 정교한 바퀴벌레 화석이다. 2㎝ 크기의 작은 바퀴벌레 꽁무니에 유충들이 매달려 있다. 어미 바퀴벌레가 새끼들에게 젖을 먹이고 있는 모습이다. 사진으로만 보았던 갑옷바퀴다. 썩은 나무를 먹는 녀석들이 어떻게 여기까지 왔을까. 깊은 산 속에 있어야 할 녀석들이 어떻게 여기까지 와서 죽음을 저장하고 있는 거지. 쿠쿠 그 어디에도 나무 하나, 풀 한 포기 찾아보기 힘든데 말이다. 갑옷바퀴는 부부가 평생을 같이 살면서 단 한 번

낳은 자식을 극진히 돌보는 것으로 유명하다. 부부는 새끼들이 자랄 때까지 돌보다가 함께 생을 마감한다.

어미 바퀴벌레가 유충들을 불러 모은다. 제 새끼가 너무 곱고 아까워 어찌할 바 모르는지 떨리는 더듬이로 쓰다듬는다. 자연스레 우윳빛 새끼들이 어미 배 쪽으로 몰려든다. 어미는 젖을 빠는 새끼들을 보며 흐뭇한 표정을 짓다가 입이 약한 새끼들이 먹기 좋게 고슬고슬 잘 지어진 밥을 으깬다. 하지만 아무리 찾아봐도 수컷은 보이지 않는다. 분명 해로하는 것으로 유명한 갑옷바퀴인데 수컷의 그림자는 보이지 않는다. 사라진 게 수컷만이 아니라는 생각에 미치자 갑옷바퀴 화석이 주는 푸근한 영상들이 물거품처럼 사라진다.

몇 년 전 발표된 기사가 뇌리를 스친다. 바퀴벌레의 완전 박멸을 예감한다며 떠들썩하게 실렸던 로스엔젤레스 타임스 기사. 미국 코넬대와 노스캐롤라이나대의 연구진이 암컷 바퀴벌레의 성 페로몬을 이용해 수컷 죽이는 법을 개발했다는 것이다. 그것은 인공으로 합성한 암컷 페로몬으로 수컷들을 유인해 식음을 전폐하고 교미에만 몰두하도록 만들어 굶어 죽이는 방법이었다. 화석을 조심스레 점퍼 안주머니에 넣는다.

바퀴벌레가 낸 길을 찾아 발을 옮길 때마다 주사기 안 살충제가 조금씩 줄어든다. 끈끈하게 달라붙은 장판을 들어내고 살충제를 주사한다. 훅하고 올라오는 시멘트 바닥 냄새가 유년의 낡은 나무 찬장에서 나는 냄새와 닮았다. 약을 먹은 바퀴벌레들은 자신의 집으로 돌아가 약을 게워낼 것이다. 그러면 가족들이 그 먹이를 사이에 두고 도란도란 나눠 먹을 테고 서로의 더듬이를 포개고 함께 죽음을 맞는 의식을 치를 것이다. 그렇다고 바퀴벌레가 완전히 사라지는 것은 아니다. 채 1년도 못 가 바퀴벌레는 긴 더듬이를 건들거리며 장판 위를 활보할 것이다. 나는 개미집을 부수듯 바퀴벌레 집을 부수리라 주먹을 세게 쥔다. 그들의 안식처를 찾아내서 자근자근 밟아줄 것이다. 알주머니 하나 남김없이 불로 태워 그 족을 멸할 것이다.

　다용도실에서 망치를 발견한 눈에 힘이 들어간다. 힘껏 쿠쿠를 내리친다. 빨간 파편들이 사방으로 흩어진다. 싱크대 문짝을 걷어차고 바퀴가 숨어 있을 만한 습하고 어두운 곳을 찾아 사정없이 망치질을 한다. 어머니의 세간들을 모조리 끄집어내서 짓밟는다. 파편 하나가 발등을 스친다. 아무렇게나 휘두른 팔에 다용도실 문이 떨어져 나가고 장롱에도 커다란 구멍이 생긴다. 놀란 바퀴벌레들이 사방에서 기어 나온다. 가방에서 분사기를 꺼낸다. 바퀴벌레들을 향해 살충제를 분사한다. 약이 바닥을 드러낼 즈음 어디선가 흘러나온 페로몬이 뿌연 안개처럼 다리 주변을 에워싼다. 아랫도리에 힘이 들어간다. 몽롱한 기분에 자꾸 눈이 감긴다.

한글 공부

한글 공부

방문을 열자 가장 먼저 눈에 들어온 것은 엄마의 새까만 젖꼭지다. 순두부 같은 젖통 가운데 우뚝 선 젖꼭지. 요즘 엄마의 찌찌는 물컹한 살을 조금씩 녹여 젖을 만들어내느라 바쁘다. 아기가 빨지 않는데도 스스로 분수처럼 솟구치다 이내 잠잠해지는 젖을 보니 혀뿌리가 간질거린다. 그렇다고 해서 나를 밤마다 엄마 품이나 헤집으며 젖이나 만지고 자는 애송일 거라 착각하는 것은 금물이다. 난 이미 한글을 떼기 시작한 어엿한 일곱 살 아가씨니까.

엄마는 윗옷을 겨드랑이 가까이 올린 채 자고 있다. 디글으로 변한 배가 코 고는 소리를 받아쓰며 부풀었다 가라앉는다. 엄마 팔을 베고 누운 아기는 젖을 먹다 잠들었는지 반쯤 벌어진 입가에 하얀 젖이 고여 있다. 아기의 턱 밑으로 얼굴을 대고 코를 벌렁거린다. 부드럽게 접힌 아기의 목에서 연한 젖 냄새가 풍긴다. 한 번도 틀리지 않고 실뜨기의 모든 단계를 통과했을 때처럼 살짝 달뜨다가 스르륵 온몸의 힘이 풀린다. 늑장을 부리다 잠들 것 같아 얼른 자세를 고쳐 앉는다.

잘못하다간 작전을 시도해보지도 못하고 끝날지 모른다. 아기의 입을 보지 않으려고 눈을 질끈 감는다. 순간 주홍의 능소화가 길게 늘어진 담장이 보인다. 미성이 언니에게 받은 나리폰 그림과 같은 풍경이다. 막 비가 그쳤는지 엄마의 젖꽃판을 닮은 커다란 꽃잎에서 빗방울 하나가 떨어진다. 꽃 뭉텅이 사이로 꽃받침을 모자처럼 쓴 아기가 간지러운 듯 몸을 말고 있다. 돌배 같은 푸른 엉덩이를 실룩거리는 아가는 엄지만 하다. 아기의 아랫도리가 궁금해 덩굴 속으로 손을 넣으려는 순간, 눈처럼 하얀 벌레들이 화면 가득 꿈틀거린다. 능소화 꽃속에 숨어있던 벌레가 자칫 눈에 들어가는 날엔 눈이 멀 수 있다는 미성이 언니의 목소리가 떠올라 머리를 세차게 흔든다.

숨을 한껏 들이마시고 참는다. 엄마가 깨지 않게 살며시 아기를 든다. 아기 입에 내 팔이 닿았는지 아기는 고개를 돌리며 젖 찾는 시늉으로 입술을 벌렸다 오므린다. 갑자기 아기 냄새가 따뜻하고 포근하게 얼굴로 번진다. 그 바람에 아기를 떨어

트릴 뻔했다. 심장이 콩알만큼 쪼그라드는 기분이다. 아기를 강보에 조심스레 싸면서 나는 구구단을 외듯 '아기 입을 보지 말자. 아기 입을 보지 말자.'며 되뇐다. 작고 완만한 선을 가진 입술. 얇은 피부밑으로 맑게 흐르는 피. 세상에 자기보다 순수하고 해맑은 아기가 어디 있냐고 따져 묻는 것 같다. 하지만 함정은 바로 거기에 있다.

솔직히 아기의 작은 입이 어른들이 말하는 것처럼 앙증맞고 귀여운 것만은 아니다. 눈을 감고도 쉽게 젖을 찾는 것이며, 젖을 감지하면 즉각 커다란 빨판으로 변해 제 입보다 큰 젖꼭지를 덥석 물고 쭉쭉 빨아 배를 채우는 모습을 보면 소름이 확 돋을 정도다. 어쩌면 엄마의 찌찌를 아무 때고 젖이나 내뿜는 고장 난 수도꼭지로 바꾸어 놓은 것 또한 아기의 저 엉큼한 입이었는지 모른다.

아기가 잠에서 깨려는지 몸을 뒤척인다. 강보에 싸인 아기 엉덩이를 토닥토닥 두드리며 조용히 미닫이를 연다. 아기 얼굴이 가슴팍으로 파고든다.

*

내가 일곱 살이 되자 엄마는 동네 간판을 가리키며 읽어보라고 했다. 하지만 나는 동네 상점을 죄다 꿰고 있었지만 그 간판들에 박힌 글자는 하나도 읽지 못했다. 그날로 나는 수복상회 큰딸에게 맡겨졌다. 수복상회 큰딸인 정희 언니는 종합고등학교를 졸업하고선 취직할 생각은 않고 쌀가게에서 장부를 뒤적이며 하루를 보냈다.

저녁을 먹고 엄마 손에 이끌려 정희 언니네 집에 갔다. 서연이와 용태가 먼저 와 있었다. 모두들 긴장한 모습으로 연필을 바짝 쥐고 있었다. 정희 언니가 어깨에 힘을 주며 앞으로는 언니가 아니라 선생님이라 부르라 못 박았다. 우리들이 내민 열 칸짜리 공책에 기역, 니은, 디귿 소리를 내며 적는 모습이 제법 선생님을 닮았다. 그런데 조금은 실망이었다. 한글 공부라고 하면 오성오락실, 수복상회, 금잔디다방, 금성전자, 서울의원, 환화약국, 무지개문방구 뭐 이런 식으로 글자를 읽고 쓰는 법을 배울 줄 알았다. 그런데 달라도 너무 달랐다. 글자들을 부분마다 모두 오려서 기역, 니은, 디귿을 외우라는 언니가 유치했다. 무슨 로봇 만화영화도 아니고 글자를 분해하고 합체하고 분해하고 합체하고 그런 게 좀 우습지 않나. 글자들이 지구를 지키러 날아다니는 것도 아닐 테고.

그런데 아무도 따져 묻지 않는 거다. 모두 진지하게 정희 언니가 적어준 글자를 따라 쓴다고 손가락에 힘까지 준다. 용태는 땀에 연필이 미끄러지는지 자꾸 바지춤에 손을 문질렀다. 하는 수 없이 기역, 니은 따라 적다가 디귿을 보는 순간 그만 웃음보가 터지고 말았다. 정희 언니가 꿀밤을 줬다. 그래도 웃음은 멈추지 않았다. 세상에 우리 엄마 찌찌와 금방 터질 것 같은 배도 글자라니. 그럼 디귿이 세 개 모이면 무슨 글자가 되나.

"선생님, 질문 있습니다. 디귿이 세 개 모이면 무슨 글자가 되나요?"

정희 언니는 세상에 그런 글자는 없다고 단호하게 쏘아붙였다. 나는 세로로 디귿을 연달아 쓰며 엄마를 떠올렸다. 디귿이 자꾸 모이면 우리 엄마가 된다고.

*

엄마의 가슴과 배가 팽팽한 디귿이 된 건 삼거리 환화약국 약사가 건넨 약 때문이었다. 그날도 할머니는 고추 이야기로 아침상을 받았다. 이번엔 같이 세 들어 사는 영철이 고추다. 영철이 엄마는 아들만 내리 다섯을 낳았다. 새끼손가락만 한 영철이 고추가 무슨 대수라고 할머니는 영철이, 영철이 한다. 나는 잠지로 향하는 눈을 거둬 옆에서 어묵 반찬을 연신 찍고 있는 동생들을 바라봤다. 어떻게 우리 엄마는 셋이나 아이를 낳고도 고추 단 아이를 낳지 못한 걸까. 할머니가 조심스레 숟가락을 내려놓더니 내게 귓속말을 했다. 무슨 중대한 작전을 지시하는 비밀요원처럼 할머니 목소리가 무거웠다. 아무도 몰래 옥상에서 펄럭이고 있는 꽃무늬 팬티를 가져와라. 나는 그게 영철이 엄마 거라는 걸 직감했다. 가슴이 콩콩콩 울리는 사이 엄마가 숟가락을 낚아챘다. 그리곤 나를 끌고 환화약국으로 향했다.

삼거리에 있는 환화약국은 아들 낳는 약을 지어주는 곳으로 유명한 곳이다. 약사가 신기가 있다고 소문이 자자했다. 우리 마을에도 환화약국 약을 먹고 아들을 낳은 집이 꽤 되었다. 게다가 멀리 서울 사람들까지 물어물어 올 정도라니 두말하면 입 아프다. 꽃을 바꾼다고 해서 환화라는데 아들과 꽃이 무슨 상관이라고 약국 이름을 요렇게 지었는지 모르겠다. 나였으면 많을 다에 아들 자, 다자약국이나 낳으면 아들, 또 낳으면 아들이라고 또남약국이라고 지었을 텐데. 그러고 보니 미성이 언니 어깨너머로 배운 한자 실력이 꽤 쓸 만한 정도에 이른 것 같다.

약국 안은 양약과 한약을 파는 곳으로 구분돼 있었다. 눈썹에 짙은 문신을 한 약사가 우리를 맞았다. 약사의 눈 끝이 날카로워 순간 움찔했다. 약사가 약장 뒤 커튼 쪽으로 우리를 안내했다. 약사는 엄마, 아빠의 띠와 생일을 물었다. 고개를 약간 들고 눈을 게슴츠레 감더니 엄지를 손가락 마디마디로 옮기며 중얼거렸다.

"음, 사주를 보자. 아들이 있긴 있어. 근데 아들이 신통치 않구먼. 워낙 아들이 허약해서 임신이 돼도 잘 놓치겠어. 혹시 중간에 유산된 적 있지? 그 녀석이 아들인데 아쉽군. 어디 보자. 어렵게 낳는다 해도 부모 속 많이 썩이겠는걸. 그래도 정 아들을 원한다면야. 우선 부부가 아들 낳을 수 있는 몸을 만들어야지. 아빠는 고기 위주로 먹고 엄마는 육식을 삼가야 해. 아기를 낳을 수 있다는데 뭘 못 해. 눈 딱 감고 채식하면서 이 약을 매일 한 알씩 먹어. 그리고 달거리가 오고 열흘이 지나면 장닭의 간을 하루 정도 말렸다가 이 환화초와 함께 정성껏 달여 먹고. 잊지 마. 꼭 장닭의 간이어야 해."

약사는 칼슘제 한 병과 한약 꾸러미를 건넸다. 나는 온몸에 소름이 돋았다. 짐승의 간이라니. 한밤중 공동묘지에서 시신의 간을 파먹는 구미호도 아니고.

엄마의 아들 낳기 작전은 치밀하고 눈물겨웠다. 바퀴벌레도 무서워하는 엄마가 장닭의 모가지를 단숨에 비틀어 닭의 간을 꺼내는 건 예사였다. 환화 약사와 언니 동생하며 허드렛

일을 도와주는 것은 기본이고 영철이 엄마 팬티는 자존심이 상했는지 이웃 마을 옥상에서 우리 엄마를 봤다는 사람들도 있었다. 아들 낳은 아줌마들이랑 자주 어울리며 아들 낳는 비법을 전해 듣고 고구마나 옥수수를 쪄 나르기도 했다.

엄마의 고추사수작전이 힘든 건 우리도 마찬가지였다. 고기반찬에 젓가락이 조금만 닿아도 엄마의 레이더망은 놓치지 않았다. 손등을 스치며 파리 쫓듯 휘휘 젓는 엄마의 젓가락. 그럴 때마다 왜 아빠만 고기반찬을 먹을 수 있냐고 따지고 싶었지만 그럴 순 없었다. 볼이 미어지게 상추쌈만 먹는 엄마에게 그러면 안 될 것 같았다. 엄마가 고추를 낳기 전까지 입에서 쌉싸래한 풀 내가 풀풀거리고 야릇한 분노가 오도독 씹혀도 그냥 참기로 했다.

어쩌면 진실은 쉽고 재미있는 것인지 모른다. 아들을 낳으려면 아들을 낳아본 사람한테 그 비밀을 캐내면 되는 것이다. 바로 우리 아빠를 낳은 할머니. 할머니에게 아들 낳는 방법을 물어보면 될 것을 엄마는 너무 먼 곳에서 파랑새를 찾는다. 결국 파랑새는 집 안에 있었다는 이야기도 모르나. 조금 아깝지만 박하사탕 다섯 개면 할머니와 쉽게 흥정할 수 있을 것이다. 할머니는 박하사탕이라고 하면 자다가도 벌떡 일어나니까. 할머니 치마 위에 박하사탕 다섯 개를 올려놓았다.

"할머니, 아들은 어떻게 낳는 거야? 할머니는 아빠를 낳았으니까 그 방법을 알 거 아니야?"

"응, 그게 말이야. 먼저 밀가루 반죽을 잘해야 해. 그 반죽으로 예쁜 고추를 빚어. 고추 뿌리에 계란 노른자를 바른 뒤 아기가 막 엄마 뱃속에서 나오려고 할 때 딱 붙이면 아들이 되는 거야."

"에잇, 그렇게 쉬운 거였어? 할머니, 엄마가 아기 낳을 때 밀가루 반죽해줄 수 있어? 고추 만들고 붙이는 건 내가 할게."

답을 듣고서야 할머니 입에 박하사탕 하나를 까서 넣었다. 엄마는 이렇게 쉬운 방법을 두고 헤매고 있다니. 쯧쯧.

*

정희 언니가 몸살기가 있다고 오늘 한글 공부는 땡이다. 이제야 기역 니은 디귿을 떼고 아 야 어 여로 넘어갔다. 도대체 얼마나 기다려야 우리에게도 합체의 에너지가 생길까. 며칠 전 엄마랑 정육점을 다녀오는 길에 서울의원 뒤에서 주름치마를 입은 정희 언니를 봤다. 언니는 어떤 남자의 가슴을 두 주먹으로 때리며 울고 있었다. 금방이라도 쓰러질 듯 휘청거리는 주름치마 밑단이 땅에 끌릴 듯 아슬아슬했다. 엄마는 시집도 안 간 처녀가 길거리에서 외간 남자랑 볼썽사나운 짓을 한다고 혀를 찼다. 나는 한동안 정희 언니가 수복상회 담장 위 능소화 곁에서 발꿈치를 들고 서성거린 이유를 알 것 같았다.

한참 한글 공부에 열을 올리고 있던 차라 그냥 집으로 돌아가는 게 아쉬웠다. 서연이와 용태에게 미성이 언니가 말해준 서울의원에 가보자고 했다. 그곳에 가면 정희 언니를 앓아눕게 만든 무언가를 찾을 수 있을 것만 같았다. 둘은 애꿎은 신발로 땅만 비벼댔다. 내가 눈에 힘을 주자 모두 고개를 끄덕였다. 우리는 수복상회에서 서울의원까지 쉬지 않고 전속력으로 달렸다. 턱까지 차오르는 숨을 몰아쉬며 서울의원 회색빛 벽에 기대앉았다. 차가운 기운이 등으로 번졌다. 누가 먼저랄 것도 없이 서로의 얼굴에 뜨거운 숨을 뱉었다. 날숨의 뜨거운 혀가 뺨을 핥고 지나갔다. 서로를 쳐다보자 이유를 알 수 없는 웃음이 한꺼번에 새어 나왔다.

미성이 언니는 12살, 모르는 게 없는 만물박사다. 사방이 책으로 둘러싸인 방에서 안경을 코끝에 걸친 채 하루 종일 책만 본다. 특히 미스터리걸작선이나 환상특급여행 같은 책을 즐겨 읽는다. 그러니 세상에 모르는 게 없다. 미성이 언니 말로는 서울의원 셔터가 내려지면 복도 맨 끝 방에서 비밀 수술이 이루어진다고 했다. 사람의 발을 자른다거나 임신한 여자의 배를 가른다거나. 미성이 언니가 까치발로 봤는데 침대 시트가 온통 붉은 피로 얼룩져 있었고 메스를 잡은 원장 눈빛이 짐승의 것을 닮았다고 했다. 사람으로 수술 연습을 하고 시신을 아무도 모르는 곳에 버리는 의사. 특히 길 잃은 어린아이를 데려다가 끔찍한 수술을 하고 버린다고 했다. 미성이 언니 얘기를 듣는 내내 자꾸 오줌이 마려웠다.

나는 한 번도 서울의원에 들어가 본 적이 없다. 서울의원 원장을 알지도 못한다. 악어 이빨처럼 내려진 셔터 앞에 서자 자꾸 미성이 언니 목소리가 맴돌아 심장이 쪼그라드는 것 같았다. 우리는 살금살금 건물 뒤로 갔다. 언니 말처럼 높은 곳에 기다란 창문 하나가 보인다. 우리는 창문 아래에 나란히 앉았다. 병원 창문이 우리들 머리통을 향해 커다란 입을 쩌억 벌리고 있을 것 같아 차마 고개를 들 수 없었다. 아이들의 심장 뛰는 소리가 점점 크게 들렸다. 모두들 무서우면서 애써 태연한 척하고 있는 것이다. 서울의원 벽에 껌처럼 납작하게 붙어 백까지 세어보기로 했다. 서울의원 창문 아래서 백까지 셀 수 있다면 우리도 어른이 되는 통로를 찾을 수 있다는 막연한 믿음 같은 것이 생겼다. 우리 모두 창문 쪽으로 귀를 열었다. 정말로 사람들 비명과 차갑고 날카로운 쇠붙이 부딪치는 소리가 들리는 것 같았다. 건물 뒤로 차차 채워지는 어둠이 팔팔 통닭 아줌마 궁둥이보다 무겁게 우리들 어깨를 짓눌렀다.

*

　정희 언니가, 아니 선생님이 우리에게 치킨을 쏘았다. 지난번 수업 땡땡이친 게 미안해서다. 닭다리를 챙겨주는 정희 언니가 정말 선생님처럼 보였다. 치킨 한 조각을 집다가 슬그머니 내려놓는 언니의 손을 본다. 손은 재빠르게 입을 가린다. 미간을 찡그리는 동시에 언니의 어깨가 두 번 들썩였다. 언니의 광대뼈 언저리에서 잘 마른 시래기가 바스락 부서지는 소리가 나는 것 같았다. 언니는 많이 피곤해 보였다. 엄마는 장닭의 간 이후로 닭을 먹지 않았다. 할머니가 닭을 먹으면 아기가 닭살로 태어난다고 먹지 못하게 한 탓도 있었지만 절대 고기를 먹어서는 안 된다는 환화 약사의 말 때문이었다. 나는 얇게 잘 튀겨진 닭 날개를 얼른 집었다.

　선생님이 오늘은 쓰고 싶은 글자를 가르쳐주겠다고 했다. 히읗과 키읔이 헷갈리는데 쓸 수 있나 싶었다. 게다가 아직 받침도 배우지 못했다. 그런데 드디어 합체라니. 글자들이 조립되고 합체될 때 무슨 소리가 날까. 오색 무지개 빛들이 사방으로 뻗어 나오며 글자들은 제짝을 찾겠지. 나는 쓰고 싶은 수많은 단어들을 떠올렸다. 지금 먹고 있는 치킨은 당연히 내가 쓰고 싶은 단어 목록에 들어간다. 아, 무슨 글자를 쓰지? 치킨, 아이스크림, 오성오락실, 무지개문방구, 참 내 이름도 쓸 줄 알아야지? 아, 생각만 해도 행복한 글자들. 수복상회랑 선생님도 예의상 목록에 넣어야겠다. 우리 식구 이름이랑 요즘 잘 나가는 오로라 공주. 그런데 갑자기 환화약국과 서울의원, 고추가 한 묶음으로 머릿속 좌판에 진열되는 이유는 뭐람. 선생님은 이러다 해 넘어가겠다고 우물쭈물 주저하는 우리에게 가장 쓰고 싶은 한 단어만 말하라고 했다. 세상에 이렇게 많은 글자 중에서 가장 쓰고 싶은 하나라니. 서연이는 할머니, 용태는 뽀빠이 시금치로 정했다. 정희 선생님이 공책에 또박또박 글씨를 써주었다. 모두들 따라 그리느라 바빴다. 나는 어떤 글자를 골라야 하는지 갈팡질팡했다. 정말 내가 쓰고 싶은 글자는 디귿이 세 개로 이루어진 거였다. 위쪽에 작은 디귿 두 개가 있고 아래로 큰 디귿 하나가 떠받치고 있는. 하지만 그랬다간 또 장난친다고 꾸중 들을 것 같아 얼떨결에 고추라고 말했다. 아이들이 키득키득거렸다.

"선생님, 쟤네 집은 요새 아들 낳는다고 정신이 없대요."

그날 이후로 밤마다 고추밭에서 헤매는 꿈을 꾸었다. 고추밭에 갔지만 고추가 하나도 열리지 않아 고추를 따지 못하는

꿈. 하지만 걱정 없다. 할머니가 밀가루 반죽을 해준다고 약속
했으니까. 정희 언니가 정말 쓰고 싶은 글자는 무엇인지 물어
보지 못한 게 아쉽다.

*

아침부터 연신 빨래만 하던 엄마가 갑자기 허리를 펴지 못
한다. 엄마는 배가 산처럼 커져 제 배에 깔려버릴 것 같이 아
슬아슬하다. 한번 뒤집어지면 일어나지 못하는 사슴벌레처럼
말이다. 엄마는 물을 한 솥 안치더니 겨우겨우 기어서 방으로
들어간다. 장롱 깊숙한 곳에서 무거운 가위를 꺼낸다. 엄마가
아기를 낳으려나 보다. 오늘로 우리 집도 여섯에서 일곱으로
식구가 늘고 아들을 낳았다고 엄마가 배 터지게 고기반찬을
해줄 거다. 방구석에 하얀 천을 깔고 그 위로 커다란 비닐을
깔며 아기 낳을 준비하는 엄마. 엄마가 다급하게 할머니를 불
러오라며 손짓한다.

할머니가 얼른 동생들 데리고 나가 있으라고 한다. 나는 할
머니 치맛자락을 붙잡고 늘어진다. 할머니, 밀가루. 할머니,
밀가루 반죽. 할머니는 귀찮다는 듯이 나를 떠민다. 나는 밀가
루를 개지 않는 어른들이 이해가 되지 않는다. 밀가루 반죽만

잘하면 아들을 만들 수 있는데. 밀가루 반죽만 해주면 내가 예쁜 고추를 빚을 수 있는데. 나는 동생들을 마당에서 놀게 하고 방 문고리를 잡는다. 아기가 나오기 직전에 밀가루 고추를 붙여야 한다는 것을 알려야 하기 때문이다. 어른들은 너무 당황해서 이 중요한 대목을 까먹나 보다.

조금 열린 문틈으로 엄마가 보인다. 엄마는 이불 속에 누워있지 않다. 비닐 위에 엎드려 있는 엄마는 아랫도리를 모두 벗고 엉덩이를 하늘로 까고 있다. 두 팔로 몸을 지탱하며 끙끙 힘주는 엄마. 세상에 엄마는 아이를 셋이나 낳았으면서 어떻게 아기 낳는 방법도 모르는 걸까. 설마 저렇게 우스꽝스러운 모습으로 우릴 낳은 건 아니겠지. 텔레비전에서 애 낳는 장면을 그렇게 많이 보고도 이렇게 아기를 낳는 걸 보니 밀가루 고추를 떠올리지 못하는 건 당연한 일인지 모르겠다. 하나로 땋은 머리를 왼쪽 어깨에 늘어뜨린 후 무거운 요와 이불을 깔고 그 속에 눕는다. 천장에 묶어둔 흰 천을 양 손목에 감아 윽, 하며 머리를 든다. 머리 드는 일을 세 번 정도 반복하면 아기가 태어난다. 엄마는 이 간단하고도 우아한 방법을 놔두고 꼭 이런 자세로 아이를 낳아야 하나. 똥 싸는 것도 아니고 끙끙이 뭐람. 엄마는 아무리 할머니라지만 부끄럽지도 않나. 꼭 저렇게 아기를 낳아야 하나. 엄마의 아랫도리는 시커멓게 변해서 어느 게 똥꾼지 어느 게 잠진지 구별도 되지 않는다. 아기를 이런 식으로 낳는 사람은 아마 우리 엄마밖에 없을 거다. 엄마를 돕던 할머니와 눈이 마주쳤다. 할머니는 아이가 봐선 안 되는 것이라고 문을 닫아버렸다. "할머니, 밀가루 반죽해주세요."라고 말했지만 내 목소리는 엄마의 끙끙 소리에 묻혔는지 할머니는 아기가 태어날 때까지 방에서 나오지 않았다.

엄마는 사내아이를 낳지 못했다. 어쩌면 그건 너무나 당연한 거다. 아무도 밀가루 반죽에 신경을 쓰지 않았으니까. 엄마는 넷째 딸을 보면서 엉엉 운다. 할머니는 무얼 잘했다고 우냐며 야단이다. 할머니는 아무것도 모르고 잠들어 있는 아기를 방구석으로 민다.

"미자야, 가서 아빠한테 엄마 아기 낳았다고 전해라. 그리고 꼭 아들 낳았다고 해라."

"할머니, 엄만 딸 낳았는데 아들 낳았다고 거짓말해? 그러다가 아빠가 나더러 왜 거짓말했냐고 하면 어떡해?"

"시키면 시키는 대로 해라. 그래야 다음에 아들을 낳지."

웬일인지 아빠가 일하는 공장으로 가는 길이 횟횟하다. 심부름 다녀오는 길에 빙초산을 깼을 때보다 더 화끈거린다. 아빠는 아들이라는 소리에 하던 일을 제치고 집으로 향한다. 나를 목말까지 태운 걸 보니 하늘을 나는 기분인 모양이다. 아빠의 콧노래가 절정에 다다를 때 내 손은 식은땀으로 흥건하다. 아빠의 콧노래가 끊길 듯 이어질 때마다 내 마음은 저릿저릿하다.

엄마는 아기에게 젖을 물리다 말고 꽃무늬 팬티를 빡빡 찢었다. 나는 아빠에게 거짓말했다고 맞은 뺨이 얼얼하고 억울해서 계속 울었다. 지치면 쉬었다 울고 쉬었다 울고. 고추 하나 없이 태어난 아기도 밉고 아들 못 낳는 엄마도 밉고 거짓말 시킨 할머니도 밉다. 그리고 대롱대롱 아무것도 달려 있지 않은 내 잠지도 싫다. ㅇ과 ㅣ가 겹친 축축한 글자가 가랑이에서 매일 팔딱대는 게 정말 죽도록 싫다. 팬티 찢는 것으로 성이 풀리지 않는지 갑자기 엄마가 맨발로 뛰쳐나갔다.

엄마를 붙잡을 새도 없었다. 엄마는 한달음에 환화약국으로 달려가 문이 떨어져 나가라 밀어젖혔다. 엄마는 순식간에 약사 머리를 낚아챘다. 얼떨결에 험한 꼴을 당한 약사가 고래고래 고함을 질렀다. 엄마는 짐승처럼 울었다. 동네 사람들이 달려오고 할머니도 달려오고 아빠까지 달려와서야 약사의 머리칼을 움켜쥐고 있던 엄마의 손가락이 풀렸다. 엄마는 약국 앞에 질펀하게 앉아서 엉엉 울었다. 사람들이 아기 낳은 산모가 이렇게 바람을 맞으면 안 된다고 엄마를 부축했지만 소용없었다. 엄마는 밤이 오는 줄도 모르고 그렇게 넋 놓고 앉아 있었다.

엄마가 아기를 낳으면서 많은 게 변했다. 엄마와 할머니 한숨이 늘었고 아빠가 술 취하는 날이 많아졌다. 밤낮 가리지 않고 빽빽 우는 아기 때문에 밤잠을 설치는 날도 많아졌다. 밥상에 풀 쪼가리 대신 풀처럼 퍼진 미역국이 올라왔고 정희 언니가 한글 가르치는 것을 그만두었다. 어느 정도 글자는 읽을 수 있게 되었지만 겹받침이 들어가는 글자는 아직 헷갈렸다. 게다가 받아쓰기는 영 자신이 없었다. 한글 공부 시간이 빠지니 하루가 너무 길었다. 나는 수복상회에 가는 대신 미성이 언니네 집을 매일 들락거렸다. 어찌나 이야기를 재미있게 하는지 미성이 언니랑 있으면 시간 가는 줄 몰랐다. 밥상보를 들출 때마다 어김없이 고개를 내미는 튀밥도 마음에 들었다. 게다가 언니네 집에는 책이 많았다. 그동안 갈고 닦은 한글 실력을 시험해 볼 좋은 기회를 놓칠 순 없었다.

마침 미성이 언니가 한자 공부를 한다고 엎드려 연필심에 침을 바르고 있다. 나는 밥상보 밑으로 손을 넣어 튀밥을 한 줌 쥐고 언니 옆으로 가 배를 깔고 엎드렸다. 언니는 보기만 해도 아찔할 정도로 어려운 한자를 따라 쓰기 위해 책과 공책을 번갈아 보느라 정신이 없다. 바로 누워 튀밥을 하나씩 입안에서 녹였다. 혀 위에서 달짝지근한 맛을 남기고 스르르 녹는 튀밥에 완전히 마음이 빼앗겨 눈도 덩달아 스르르 감겼다. 순간 튀밥 하나가 콧구멍 속으로 들어갔다. 재빨리 일어나 코를 킁킁 풀었다. 그제야 미성이 언니가 알은체를 했다.

미성이 언니 공책에는 디귿 세 개가 합체한 것처럼 생긴 한자가 빼곡하게 적혀 있다. 내가 그렇게 쓰고 싶었던 글자. 정희 언니는 분명 세상에 그런 글자는 없다고 했는데 미성이 언니 공책 가득 살아서 팔딱거리고 있다. 나는 숨이 막혔다. 공책을 가슴 가까이 바짝 당겼다. 자세히 보니 위에 작은 디귿 둘, 아래 큰 디귿 하나가 모인 글자가 아니다. 큰 놈 하나를 작은 놈 둘이서 떠받치고 있는 모습이다. 게다가 디귿이 아니라 오를 닮은 글자였다.

"언니, 이 한자는 뭐야?"

"응, 벌레 충자야."

"으윽, 벌레를 가리키는 한자도 있어?"

"그래, 똑같은 글자 셋이 모여서 하나의 글자가 된 거지. 살모사 모양을 본떠서 만든 글자래. 살모사 셋이 모여 벌레 충자가 된 거지."

"어떻게 무서운 살모사 셋이 모여 벌레밖에 안 된대. 거참 이상하네."

"더 재미있는 한자 가르쳐줄까?"

언니는 살모사 모양의 한자 옆에 나란히 피읖을 쓰다 말았다.

"이게 무지개 홍자야. 머리가 둘인 뱀이 무지개 양 끝에 입을 대고 물을 빨아 먹는 모습이래."

언니는 쓰다 만 피읖을 가리키며 무지개라고 말해주었다. 뱀과 벌레와 무지개라. 나는 언니가 써준 벌레 충자를 조심스럽게 따라 썼다. 엄마가 물구나무선 것 같기도 하고 영철이 불알과 고추를 닮은 것 같기도 하다. 스무 마리가 넘는 벌레들이 공책 가득 징그럽게 꿈틀거렸다.

*

방망이질 소리에 눈을 떴다. 오늘따라 엄마의 북어 두들기는 소리가 유난히 크게 들린다. 어젯밤에도 아빠는 들어오지 않았다. 엄마 등 뒤에서 고개를 뒤로 젖힌 채 잠들어 있는 아기가 엄마의 방망이질 따라 좌우로 흔들린다. 엄마는 찬장 깊숙이 손을 뻗더니 단지 속에서 돈을 꺼낸다. 두부와 콩나물 심부름인 걸 보니 오늘 아침상에는 시원한 북엇국이 올라올 모양이다.

묵직한 검은 비닐봉지를 흔들며 슬리퍼를 끌어도 좀처럼 졸음이 사라지지 않았다. 하품 끝에 나오는 눈물 때문인지 하늘이 뿌옇게 보였다. 쌀쌀한 기운이 슬리퍼 속을 파고들었다.

발등이 시렸다. 횡단보도 앞에서 어깨를 구부리며 발을 구르는 사이 글자 하나가 눈에 들어온다. 피읖들이 모여 만들어진 횡단보도. 숨은그림찾기처럼 세상 곳곳에 숨어있는 글자들을 모두 찾아내면 딸각하고 이상한 나라로 연결된 문이 열릴 것 같다. 피읖의 대열 속으로 쌍무지개 생각이 끼어든다. 횡단보도는 몇 개의 무지개로 이뤄진 걸까, 하나씩 세고 있는데 맞은편 수복상회가 눈에 들어온다. 정희 언니는 잘 지내고 있을까.

길을 스치는 차들 너머로 아빠의 파란색 점퍼와 똑같은 것이 보였다. 아빠하고 부르려는 순간 짧은 치마가 뛰어와 ㅏ, ㅑ, ㅓ, ㅕ처럼 파란 점퍼의 팔에 매달렸다. 빨간 핸드백이 둥글게 선을 그리며 뒤늦게 여자의 허리춤에 받침처럼 붙었다. 파란 점퍼와 짧은 치마, 빨간 핸드백의 합체가 끝나기가 무섭게 한 백 개쯤 되는 유리창이 한꺼번에 깨지는 소리가 났다. 온몸이 붕 떠올랐다. 살모사로 변신한 콩나물들이 횡단보도 위를 어지럽게 기어 다니는 것을 보며 벌써 이상한 나라에 도착한 것인지 헷갈렸다.

누군가 내 이마를 짚는다. 서울의원 글자가 가득 프린트되어있는 담요가 제일 먼저 눈에 들어온다. 정희 언니가 눈을 감고 두 손을 모은 채 침대 옆을 지키고 있다. 아마 나를 병원으로 옮긴 사람이 정희 언니인 모양이다. 오랜만에 보는 언니 얼굴에는 잘 말린 시래기 대신 사방치기 안에 놓인 돌멩이처럼 기미 몇 개가 굴러다니고 있다. 깨끗하게 잘 정리된 병실에는 두 명의 할머니와 아기 하나가 서울의원 담요를 덮고 누워 있다. 하얀 가운을 입은 원장이 방 안으로 들어온다. 환자들이 원장을 반긴다. 원장은 할머니 가슴에 청진기를 댄 후 공책에 글자들을 쓴다. 어깨를 가볍게 주무르고 지나가는 원장의 농담에 이 빠진 입으로 덜커덩덜커덩 할머니들이 웃는다.

원장은 정희 언니와 잠시 얘기를 나눈다. 주머니에서 비타민 하나를 꺼내 내 입에 넣어주는 원장의 눈빛이 은하철도 999의 철이를 닮아 조금 안심이 된다. 비타민이 입안에서 천천히 녹는다. 일곱 살이 되도록 한 번도 먹어본 기억이 없는 맛이다. 너무나 달콤하고, 달콤하고, 달콤해서 독 사과 같은 게 아닐까 의심이 든다. 이럴 때일수록 정신을 바짝 차려야 한다. 나를 안심시키고 비밀 수술을 하려는 원장의 꾐에 넘어가면 안 된다. 원장은 까진 무릎에 약을 바르고 거즈를 붙였다. 뒤늦게 알고 달려온 엄마를 보자 참았던 눈물이 한꺼번에 쏟아졌다.

　　공책과 연필을 들고 미성이 언니네로 향했다. 아무리 대낮이라지만 혼자서 서울의원 앞을 지나는 것은 아직도 꺼림칙하다. 나는 서울의원 앞을 지나지 않기 위해 무지개문방구 쪽으로 방향을 잡았다. 이 길로 가면 족히 10분은 더 걸어야 한다. 학교 운동장을 가로질러 무지개문방구 앞에 다다랐다. 멀리 수복상회가 보인다. 가게 앞에 웬 경찰차가 세워져 있고 사람들이 웅성거렸다. 나는 조심스럽지만 빠른 걸음으로 수복상회 앞을 지나쳤다. 정희 언니가 보였다. 불어터진 수제비처럼 푸석하고 지쳐 보였다. 정희 언니 두 손 위로 수건이 덮여 있다. 고개 숙인 언니를 경찰들이 차에 태웠다. 경찰차에 타는 정희 언니를 보니 호기심보다 끝을 알 수 없는 서러움이 복받쳤다. 이상하게 언니를 붙잡고 싶지만 몸이 움직이지 않는다. 언니 이름을 부르려고 하면 할수록 목울대가 뻐근했다.

　　나는 이 기막힌 소식을 누군가에게 빨리 전해야 할 것 같았다. 숨도 제대로 못 쉬고 미성이 언니한테 달려갔다. 언니는 만물박사답게 모든 일을 알고 있었다. 너무 태연한 미성이 언니가 조금은 얄미울 정도였다. 시집도 안 간 정희 언니가 임신을 했는데, 변소에서 똥을 누다가 그만 아기를 낳았다. 똥통에 빠진 아기가 똥물 따라 가다 보니 개천까지 흘러갔다. 개천에 붕어 잡으러 간 영철이랑 그 형이 아기를 보고 경찰에 신고했다. 경찰이 다시 똥물을 거슬러 올라와 보니 수복상회 변소였다. 수소문 끝에 아기 엄마가 정희 언니라는 것을 알았다. 그래서 언니가 경찰에 잡혀갔다. 미성이 언니 얘기를 듣고 있으려니 무슨 명탐정이라도 되는 양 의문이 생겼다. 아기를 똥 누듯이 낳을 수 있는가. 똥이 정말 개천까지 흘러가는가. 똥 싸다 아기가 나와 버렸는데 어떻게 아기를 잡을 수 있었겠나. 고로 정희 언니는 잘못이 없는 게 아닌가. 근데 정희 언니는 시집도 안 갔는데 어떻게 임신할 수 있나. 정희 언니 몸에서 한 번도 디근을 찾을 수 없었는데 디근을 어떻게 숨겼을까. 무엇보다도 그 아기는 아들인가, 딸인가.

정희 언니가 똥 싸다 아기를 낳았다는 대목이 자꾸 마음에 걸린다. 미성이 언니한테 고해성사를 해야 할 것만 같다. 우리 엄마가 얼마나 부끄러운 자세로 아기를 낳았는지, 어쩌면 나도 하늘을 향해 엉덩이를 깐 이상한 자세로 세상에 나왔을지 모른다고. 미성이 언니는 5학년답지 않게 이해심이 깊다. 내가 숨을 고를 때마다 따뜻한 눈빛을 건넨다. 세상은 원래 다 그렇다고 등을 토닥토닥 두드린다. 그런데 할머니의 밀가루 반죽 얘기가 끝나기가 무섭게 언니는 방바닥 위로 떼굴떼굴

구른다. 나는 너무 진지해서 미칠 것 같은데 남의 아픔을 듣고 저런 식으로 웃다니. 미성이 언니도 어른이 되려면 아직 먼 것 같다. 언니가 너무 웃어서 배가 당기는지 중간중간 고통스러운 표정을 짓는다. 한참이 지난 후에야 제대로 펴지지 않는 허리를 잡고 겨우 자세를 잡는다.

속았다. 할머니가 또 나를 속였다. 바보같이 밀가루 고추를 믿다니.

언니는 내게 그림 하나를 보여줬다. 주황빛 능소화가 만발한 그림이다. 꽃 사이로 조그마한 아이들이 대롱대롱 달려있다. 모자처럼 생긴 꽃자루에 매달린 아이들이 잘 익은 과일 같다.

"언니, 엄지공주는 나도 알아. 근데 이렇게 엄지공주들이 많아? 아, 여기 남자애도 있는데?"

"아니, 이것은 꽃의 요정, 나리폰이야. 부처의 수호자지. 천사들이 악당들로부터 부처를 보호하려고 심은 나무에서 아이들이 열리는 거야. 근데 이렇게 작고 귀여운 나리폰이 일주일밖에 살지 못한대. 불쌍하지?"

"언니, 정말 이런 나무가 있어? 아이가 열리는 나무?"

"음, 있겠지. 있으니까 이렇게 책에도 나오고. 부처의 수호신이라니 불교의 나라 인도에 있지 않을까. 아님 태국에 있을

지도 몰라. 저번에 태국에서 나리폰을 발견했다는 걸 읽은 것 같아. 아니면 무지개가 끝나는 자리에 이 나무가 자라고 있을 지도 모르고. 근데 일주일밖에 못 산다니 너무 가엾지?"

*

대문을 여는데 분위기가 이상하다. 마당 구석에 동생 둘이 쪼그려 앉아 있다. 방문을 여니 큰 태풍이 지나간 것처럼 처참 하다. 찬장 유리가 깨져 방바닥이 엉망이고 장롱문은 뻥 구멍 이 뚫려 있다. 벽에 겨우 몸을 기댄 엄마 발에서 피가 흐르고 있다. 아기는 울다 지쳐 잠들었는지 자면서 자꾸 훌쩍인다.

"언니, 어디 갔었어? 아빠가 술 취해서 엄마를 때렸어. 왜 아들 낳았다고 거짓말했냐고 엄마한테 욕하고 할머니한테 욕 하고. 할머니는 화가 나서 먼저 나가버리고 우린 무서워서 꼼 짝 못 하고 있었어."

"아빠는 어디 갔어?"

"몰라, 갑자기 나갔어. 근데 엄마 발에서 피 나."

엄마 발에 빨간약을 바른다. 유리에 찔렸는지 상처가 날카 롭고 깊다. 헝클어진 머리와 찢어진 티셔츠 너머로 엄마의 붉 은 살이 보인다. 팽팽하게 디귿을 떠받치던 획들이 점점 탄력을 잃는다. 모든 즐거움을 잃어버린 디근들이 분해된다. 엄마는 피곤한지 멍하게 천장만 바라본다. 엄마가 갑자기 나를 끌어안는다. 팔에 온 힘을 주며 끌어안는 엄마가 자꾸 미안하다고 한다. 엄마가 미안하다고 할 때마다 내가 오히려 엄마한테 미안하다. 무엇이 미안한 건지 자세히 알 수 없지만 무조건 미안하다.

바닥의 유리를 치우다 아기를 내려다본다. 얼굴 가득 눈물 콧물 범벅이다. 아기가 가엾다는 생각이 파도처럼 밀려온다. 아기가 딸로 태어나고 싶어서 그런 것도 아닌데 솔직히 아기가 불쌍하다. 아기에게서 나는 젖 냄새, 아기와 뽀뽀할 때마다 바람처럼 스치는 가볍고 신비한 느낌. 아빠는 이런 아기를 두고 왜 행복하지 않을까. 어쩌면 모든 불행은 아기가 몰고 오는 것일지도 모른다. 그것을 아빠가 알아차린 걸까. 정희 언니도 똥 쌀 때 아기가 나오지 않았더라면 아기를 변소에 빠트리는 일은 없었을 것이다. 그러면 경찰에 끌려가는 일도 없었을 거고.

엄마도 넷째를 낳지 않았더라면 아들 낳는 희망에 빠져 지냈을지 모른다. 태어나는 순간 어른들을 아프게 한 아기들은 얼마나 속상하고 억울할까. 정희 언니 아기가 나리폰으로 태어났더라면 좋았을 텐데. 어쩌면 착한 아기로 다시 태어나려고 인도나 태국을 향해 기어가고 있을지도 모른다. 아기 때문에 슬프고 지친 사람들이 나무에 대롱대롱 달린 나리폰을 따면서 행복할 수 있다면 얼마나 좋을까. 그게 일주일만 허락된 행운일지라도. 어쩌면 어린이가 되기 전에 죽은 아기들은 부처의 수호신, 나리폰으로 다시 태어나는지도 모른다. 아가들아, 부디 무지개 끝에서 두 개의 입을 벌리고 있는 살모사를 조심하길.

*

　나리폰 그림을 가방에 넣는다. 강보로 싼 아기를 안고 대문을 나선다. 해가 뉘엿뉘엿 넘어가고 있다. 서울의원으로 향하는 샛길로 접어든다. 붉게 물드는 하늘을 올려다보니 점점 무서워진다. 새털처럼 가벼운 줄 알았던 아기가 점점 무거워진다. 팔이 떨어질 것 같다. 하지만 아기를 놓쳐서는 안 된다. 가슴에 얼굴을 파묻고 있는 아기를 본다. 아기 머리가 젖어있다. 내가 너무 꼭 안아서 답답했던 모양이다. 갑자기 배꼽 아래서 울음이 솟구친다. 어금니를 문다. 아기는 서울의원 하얀 매트 위에서 다시 태어날 것이다. 엄마의 수호신 나리폰으로. 서울의원 의사에게 쓴 편지를 강보 속에 넣는다. 제발 우리 아기 아프지 않게 다시 태어날 수 있도록 도와달라는 편지. 나는 아기에게 입을 맞춘다. 바람에 머리카락이 날리며 향긋한 젖 냄새와 촉촉하고 신비한 느낌이 온몸을 감싼다. 나는 태국에 먼저 갈 것이다. 나리폰이 열리는 나무를 찾으러. 엄마, 내가 꼭 아들 따고 올게. 울지 말고 기다려.

똥
돼
지

똥돼지

이제 더는 어쩔 수 없다. 한계다. 가득 찰 대로 찬 방광은 화장지 움켜쥔 손을 마구 흔들다가 다리마저 덜덜덜 떨게 한다. 오줌을 참으려고 의자에 몸을 비벼도, 아무리 다리를 꼬고 엉덩이를 뒤로 빼봐도 소용없다. 드디어 올 것이 온 게다. 날마다 작전에 실패한 나로선 더 이상 머리 굴릴 의욕도 없이 슬리퍼를 끌고 변소로 뛴다.

우리 집 근처에 있는 화장실은 모두 화장실이지만 우리 집은 변소다. 화장실이란 말조차 아깝다. 물론 국어사전에 의하면 화장실에는 두 가지 뜻이 있는데 하나는 화장에 필요한 시설과 도구를 갖춘 방. 또 하나는 '변소'를 달리 이르는 말이라 되어 있다. 그러니 우리 집 변소도 화장실이긴 하다. 하지만 모름지기 화장실이라 하면 화장까지는 아니더라도 코 잡지 않고 들어갈 만한 곳은 돼야 한다고 생각한다. 적어도 화장실에 무인카메라 같은 게 있어선 안 되리라.

슬리퍼와 시멘트 마당이 거칠게 마찰되는 소리에 그놈이 깰까 봐 노심초사 요란을 떨어본댔자 헛수고다. 눈치 하나는 도가 튼 놈이니. 단숨에 돌계단 셋을 올라 어깨 너비만큼 다리를 벌린다. 내 두 다리 사이엔 내가 밟고 있는 지면과 높이를 달리하는 아슬아슬한 빗면과 절대 발 디디고 싶지 않은 인분에 질퍽한 또 다른 평면이 있다. 세상은 수많은 도형과 도면들의 집합인 듯하다. 수많은 자신의 모습을 숨은 그림처럼 꼭꼭 숨기고 태평하게 풍경을 만들어내는 삶이라니 얼마나 스릴 있고 황홀한가. 단순하고 지루하기 짝이 없게 생긴 점과 선에 그런 기발하고 독특한 인생의 묘미가 숨어 있다니.

숨 고를 틈도 없이 팬티를 내리려는 순간 아, 그놈과 눈이 맞았다. 아찔한 빗면에 인분 묻은 발을 죄의식이라곤 하나 없이 우직하게 딛고 멀뚱멀뚱 날 쳐다보는 눈빛이란. 기다란 속눈썹이 상하로 움직이며 동그란 코를 킁킁거리는 모습은 내 찰나의 모습을 걸러내기 위해 몇 초간 오로지 나에게만 집중하는 카메라, 그 깊은 눈매보다도 더 음흉하고 엉큼하다. 어쩌면 좋단 말인가. 순간 내 마음엔 증오와 원망 같은 게 일어 더

망설이지 않고 그놈, 그 검은 눈동자에, 코에, 입에, 힘이란 힘은 아랫배에 다 모아서 오줌을 갈긴다. 쌤통이다.

사거리 슈퍼 영지 할머니가 존경해 마지않는 박정희 대통령 각하는 어찌하여 우리 집 주인네 변소만 피해 갔을까. 영지 할머니는 우리가 끼니 걱정 안 하고 살 수 있게 된 것과 돼지 기르는 비위생적인 변소를 없애게 된 것이 전지전능하신 박정희 대통령 각하 때문이라고, 새마을 운동이 이뤄낸 빛나는 업적이라고 침 튀기며 말했는데 어찌하여 우리 집 변소엔 두 눈 시퍼렇게 뜬 시커먼 돼지가 잠도 없이 지키고 섰는가 말이다. 박정희 대통령이 잘한 것은 모르겠고, 잘못한 것은 확실히 알겠다. 바로 우리 집 변소를 성심성의껏 돌보지 않고 방치한 것이다.

내 방에 몰래 들어와 이불 사이에 죽은 쥐를 넣었다가 거의 죽을 뻔한 영웅이네 화장실 모양은 우리 집과 닮은꼴이지만 시커먼 돼지 새끼 대신 무화과나무가 마치 하늘을 지붕처럼 받쳐 들고 튼실하게 자라고 있다. 물론 뿌리는 똥통 깊숙이 박고 있으니 그 녀석도 우리 집 돼지처럼 똥 먹고 토실토실 무화과 속살을 채우는 것이지만 우리 집 변소와는 차원이 다르다. 무화과 여는 계절만 되면 영웅이는 거무튀튀하게 세월을 삼킨 나무 마루 끝에 크레파스를 아무렇게 펼쳐놓고 그림을 그리는데 한 손엔 꼭 무화과를 들고선 잘난 척이다. 그땐 무화과나무 꽃턱을 갈기고 싶을 정도다. 영웅이네 화장실은 놀지 않고 이렇게 열심히 생산에 참여하고 있으니 영웅이의 잘난 척도 어쩌면 타고난 제 복인 셈이다.

또 앞집 성지 언니네 화장실은 어떤가. 여자 화장실, 남자 화장실이 나란히 미닫이 문 뒤에 숨어 있지 않은가. 반질반질한 사각 타일이 모자이크처럼 턱을 괴고 말을 걸어올 것 같은 화장실. 머리 위로 내려진 튼튼하고 건강한 동아줄을 잡으면 마치 거짓말처럼 흔적을 지워버리는 게 꼭 마술사 같다.

은지네 화장실은 성처럼 높게 지어졌다. 은지네 집에 놀러 가면 달콤한 비타민을 실컷 먹을 수 있고, 잔디 깔린 마당에는 냇가의 징검다리처럼 동그란 돌들이 줄지어 얼굴을 내밀고 있다. 간혹 새끼 뱀들이 출현하여 조그만 가슴을 쪼크라뜨리게도 했으나 돌담엔 백장미가 환장하게 피어있는 데다가 화장실은 그에 어울리게 높은 성처럼 고고하게 서 있으니 그깟 새끼 뱀쯤은 눈감아 줄 수 있다. 화장실이 아닌 성에 갇힌 공주가 되거나 테리우스의 사랑을 듬뿍 받는 들장미 소녀 캔디가 되거나 그도 아니면 소나기의 소녀가 되거나. 물론 고고하고 외로운 그 성에도 시커먼 돼지는 살지 않으니 이 얼마나 하늘이 내리신, 아니 은지 부모님의 돈이 내리신 축복이란 말인가.

정말 획기적이고 놀라운 화장실은 광희네 3층집에 있다. 아니 지극히 당연하다고 하면 당연한 화장실인지도 모른다. 화장실과 친정은 집에서 멀수록 좋단 옛말을 아주 통쾌하게 무시한 화장실이 여느 방들과 나란히, 평등하고 당당하게 거실을 끼고 집 안에 있는 것이다. 성지 언니네 화장실 타일과 비교가 안 되는, 마치 발바닥 밑에서 둥그런 등을 내밀던 백사장 조개처럼 고운 것들이 아기자기 붙어있고 세면대랑 샤워기랑 거기에 거울까지 아주 참하게 자리하고 있다. 마치 한 나라의 군왕처럼 근엄하게 앉아서 누게 되어 있는 의자형 변기. 동아줄보다 가까운 곳에 눈을 반짝반짝 빛내고 있는 밸브를 내리면 또다시 깨끗한 물이 샘처럼 솟는, 그야말로 내 가치에 딱 들어맞는 화장실이 광희네 집에 있다. 적어도 화장실이라 하면 똥오줌 누는 건 물론이거니와 화장도 할 수 있는 공간이 되어야 비로소 화장실이라 할 수 있는 게 아닌가.

물론 광희한테 자존심 상할 때면 광희네 변기는 기름진 고길 먹어 설사 잘하는 양놈한테나 어울리는 거라고, 자고로 대쪽같은 인품을 지닌 한국인에겐 굵고 긴 똥이 어울리고 광희네 집에서 눴다간 엉덩이에 물세례나 받을 거라고, 비록 쥐는 나지만 쪼그려 앉고 배에 힘을 줘야만 비로소 완전한 배변이 이루어지는 거라고, 변기 하나 가지고 잘난 척에 자위까지 한

나지만 방과 대등한 화장실, 이 얼마나 통쾌한가.

한밤중 불시에 찾아오는 꼬르륵 물똥 손님에 항문의 근육을 잔뜩 조이고 졸음을 채 쫓지 못한 식구 두 눈을 앞장세워 손전등도 없이 도착한 백열등 하나 없는 변소에서 거사를 치르며 애꿎은 원망의 소리로 밑을 닦아 본 자는 알 것이다. 밑에서 쌍심지 켜고 나를 뚫어져라 쳐다보는 그놈의 두 눈알은 빨간 종이 파란 종이 친절하게 내미는 귀신보다 더 섬뜩하여 고갤 들어 달만 쳐다보고 왜 이리 일 처리는 더딘지 애만 태우는 심정. 광희네 화장실에선 이런 고통은 싹도 트지 않으리라. 꽃처럼 고운 공간 어느 구석에 초라한 귀신이 자리를 잡을 것이며 달빛에 의지하지 않아도 될 정도로 환한 화장실에선 차라리 공부를 해도 머리에 잘 들어갈 것이다.

그 어떤 기도에도 썩은 동아줄 하나 내리지 않는 곳. 앓는 소리 없이 제 몸을 줄여 가는 나프탈렌. 그 주변을 배회하는 구더기는 어떻게 척추 하나 없이 오로지 피부의 주름으로 빗면을 올라왔는지 경외심마저 든다. 주인네 세 식구, 우리 집 다섯 식구 모두 여덟 명이 똥오줌 누는 일을 오로지 변소 하나에 의지하고 있으니 요강이 허락된 주인네 노망든 할머니가 무진장 부럽다.

한여름, 삼겹살을 굽기 위해 한참 달군 슬레이트 같은 화장실 바닥. 기름을 자글자글 흘리며 한 점씩 익고 있는 구더기들. 아비규환이 따로 없다. 훅하고 더운 증기가 인분의 기운을 얻어 올라온다. 사람 똥독이 무섭다고 '꽃들에게 희망을'이란 책에선 기둥을 열심히 오른 애벌레에겐 날개도 주어지더니만 더운 날 우리 집 변소 구더기에겐 타 죽고 숨 막혀 죽는 일뿐이다. 간혹 날개가 주어지는 일도 있어 시커먼 돼지 눈치 보지 않고 알을 까놓는 모양인데 올챙이 적 생각 못 하는 파리가 아니고선 알을 까면 말짱 황인 우리 집 변소에서 몸을 풀진 않을 것이다.

문이랍시고 아슬아슬하게 매달려 있는 양철문. 간혹 장난꾸러기들이 날카로운 것으로 양철문을 긁어 예민한 신경이 그라목손을 먹은 모양으로 팔딱팔딱 뛰게 만들기도 하지만 솔직히 이런 건 다 참을 수 있다. 이런 환경 때문에 자존심을 구기고 이웃의 화장실을 동경하는 게 아니다.

시원한 마음으로 밑을 닦는다. 아니, 세상에. 화장지에 붉은 꽃잎의 즙을 낸 듯한, 아찔하도록 고운, 기다리고 기다리던 피가 너무도 찬란하게 번져 있는 게 아닌가. 어찌 황폐한 변소에서 이런 날을 맞아야 하는가 생각할 겨를 없이, 굵고 뻣뻣한 검은 털을 세우고 온몸을 신경질적으로 흔들어 대는 돼지 새끼에게 맘 줄 겨를 없이, 돌계단 셋을 단숨에 뛰어내려 방으로 달려간다.

"숙희야, 숙희야, 드디어, 드디어 내게도 왔어. 내게도."

신발도 아무렇게나 벗어 던지고 야단법석인 날 보고 동생 숙희는 눈, 코, 입을 동그랗게 모으며 반응한다.

"언니, 뭐가 왔다는 거야?"

"월경, 나도 이제 월경해."

"월경이 뭔데?"

"응, 그런 게 있어. 나 이제 엄마가 될 수 있어. 이제 완전한 여자가 된 거야. 어쩜 좋아."

내 몸은 내 것이 아닌 양 벅찬 기쁨에 스스로 떨린다.

"그렇게 좋아? 근데 어떻게 월경이 온 줄 알아?"

"어, 거기서 피가 나와."

"으으윽, 거기서 피? 그럼 병원 가야지. 언니, 정신 좀 차려."

나는 감격에 겨워 숙희를 꼭 껴안는다. 숙희는 숨쉬기가 힘들다는 듯이 꿈틀댄다. 게다가 오늘은 8월 15일 광복절 아닌가. 일본의 압정에서 벗어나 대한민국 정부를 수립한 것보다 더 큰 기쁨. 내가 드디어 엄마가 될 수 있게 된 날. 실은 진숙이, 광희, 은지한테도 다 왔는데 왜 나에게만 오지 않는지 불안해하며 기다렸던 참이다. 은지는 거기에서 피가 나오기에 죽을병에 걸린 줄 알고 엉엉 울었다며 생리대 사용법을 자세히 설명해주었다. 그래서 오늘 난 아주 의젓하고 어른스럽게 상황을 받아들일 수 있었는지 모른다.

이토록 기쁜 날 어쩔 줄 몰라 당혹스러워 하거나 오해하지 않고 정확하게 내 몸의 변화를 알고 받아들일 수 있다는 게 행복하다. 서랍에서 엄마의 후리덤을 꺼낸다. 곱게 접힌 후리덤을 펴서 코를 대고 아주 깊게 숨을 들이쉰다. 그리고 짧게 입술도 맞춘다. 특유의 냄새가 나는 후리덤을 요리조리 보다가 태어나자마자 어미젖을 찾아 무는 새끼처럼 아주 능숙하게 팬티에 붙이고 옷을 입는다.

'사람은 나이가 들면 아이가 된다더니 내 나이 열다섯에 다시 기저귀를 차다니.'

이렇게 생각하면서도 자꾸 웃음이 새어 나온다. 하늘은 미칠 정도로 푸르고 내 후리덤은 환장하게 붉어지겠지.

얼마 전, 고집 센 사촌 언니가 달리던 차에서 떨어진 제 몸만큼이나 큰 후리덤 한 박스를 왜 부끄럼도 모르고 덥석 안고 집으로 향했는지 이해가 될 것 같다. 세상 절반의 사람, 국가의 대를 잇게 하는 여자의 몸을 위해 정부는 딱히 해주는 것도 없으면서 오히려 생리대에까지 과세를 하니 그 거북한 경제적 부담을 해소할 수 있는 부적을 그깟 자존심 때문에 놓칠 리 없었을 것이다. 집에 후리덤을 쌓아 놓고 몇 달이고 맘껏 생리할 수 있는 풍요로움이여. 생리대 이름을 왜 하필 후리덤이라 지었을까 생각하다가 문득 내 신비롭고 찬란한 첫 광경을 목격한 것이 내가 아니란 생각에 미쳤다. 순간 멈출 줄 모르던 웃음이 심장마비나 걸린 듯 생명 같은 게 한꺼번에 빠져나가 굳어버린다.

그놈이다. 이 경이로운 사건을 제일 먼저 그 음흉한 눈빛에 담아 부정하게 한 자. 내 자신보다 거기를 가장 자세히 알고 있고, 내 초경을 가장 먼저 목격한 흑돼지 새끼. 겨우 내 똥이나 주워 먹으려고 달라붙는 거겠지만 그 눈빛을 난 견딜 수 없다. 돼지가 말을 못 해서 다행이지 그렇지 않다면 세상은 질펀거리고 혹독한 어둠의 곳이 될 것이다. 그렇다. 내가 우리 집 변소를 견디지 못하는 이유는 하나. 그 이름도 없는 검은 돼지가 날마다 내 모습을 찍고 현상하고 기억에서 끄집어내고 있다는 것이다. 그런 악취미가 행해지는 곳이 바로 우리 집 변소며 그곳에서만은 그 어떤 일도 모든 어른들이 묵인하고 있다. 똥구멍이 커졌다 오므라드는 모습까지 다 지켜보는 눈이 있다는 걸, 내 거기가 어떻게 생겼는지 날마다 새기고 있는 눈이 있다는 걸 어찌 감당할 수 있으랴.

외출했던 새엄마가 돌아온 모양이다. 방문을 여니 여느 때와 다름없이 홀라당 벗은 여자가 부끄러운 기색 없이 엉덩이를 높이 치켜세우고 내게 싸구려 추파를 보내고 있다. 어찌하여 아빠는 저 영화 포스터를 내 방 앞에 붙였을까. 아마 나에 대한 배려는 눈곱만큼도 없고 '무릎과 무릎 사이'에 목숨을 건 동네 총각들을 마음에 두고 한 일일 것이다.

"엄마 왔어?"

단박에 새엄마임을 알아챌 수 있을 정도로 어린 엄마는 계산대 앞에 앉음과 동시에 서랍을 연다. 돈을 맞추어 보고는 꼼꼼히 장부에 침을 발라가며 힘주어 책장을 넘긴다. 새엄마의 손힘을 이기지 못한 공책은 팔락팔락 몸을 아무렇게나 흔들고 한 모서리는 깊이 팬 주름을 갖고 있다.

"치, 서비스로 하나 더 빌려줬으면 제때 갖다 줘야 할 거 아니야. 비디오 테이프를 삶아 먹나, 구워 먹나. 빌려 가면 깜깜무소식이니 원."

새엄마는 요주의 인물 명단을 빠르게 훑다 전화기를 바짝 잡아당긴다.

"엄마, 엄마, 나 드디어 생리한다."

엄마는 수화기를 들다 말고 깜짝 놀란 눈으로 방으로 들어온다.

"뭐? 정말이야? 생리대 했어?"

"응, 엄마 후리덤으로 했어."

"그래? 숙희 넌 안방에 가 있어."

"숙희도 다 알아. 내가 말했어."

"그래도 나가 있어."

새엄마는 내 바지를 내리고 팬티를 내린다. 조금은 창피한 마음에 샅에 힘이 들어간다. 새엄마랑 처음 목욕탕 갔던 날이 생각난다. 그땐 새엄마를 언니라 불렀는데 아빠가 자꾸만 언니랑 목욕탕 다녀오라고 등을 떠밀었다. 엄말 두고 동네 언니랑 목욕탕 간다는 게 커다란 배신 같아 마음에 걸렸지만 어린 나로선 이러지도 저러지도 못하고 결국 함께 목욕탕에 갔다. 처음으로 언니 앞에서 옷을 벗었다. 온몸에 잔뜩 힘이 들어가 꼼짝 않고 서 있는 나를 언니는 마치 일곱 살 어린아이쯤은 별 것 아니라는 듯 자연스럽게 다뤘다. 초록색 때수건을 손에 끼우고 다이알 비누를 묻히더니 손가락 끝에만 힘을 주고 내 몸 구석구석을 미끄러져 나갔다 돌아왔다를 반복했다. 등 때려가며 때를 미는 엄마와 너무 달랐다. 하나도 아프지 않게 때를 밀어주고는 아카시아향 나는 샴푸로 머리를 감겨 주었다.

내가 진작 그 속뜻을 알았더라면 아무리 우리 엄마가 우악스럽게 때를 민다 해도 아빠가 아무리 등을 떠민다 해도 언니를 따라나서지 않았을 것이다. 우리 엄마를 두고 언니를 엄마라고 불러야 한다는 걸 알았다면 나는 섣불리 언니에게 마음을 열지 않았을 것이다. 이 점이 엄마에게 제일 미안하다. 엄마는 자꾸만 새엄마니까 좋겠다며 헌엄마를 잊지 말라 당부하면서 집을 떠났다. 엄마는 새엄마의 반대말이 친엄마가 아니라 헌엄마인 것처럼 자꾸 강조했다.

"웅, 잘했네. 여자가 생리를 시작하게 되면 자세를 바르게 해야 해. 다리를 아무 데서나 벌려도 안 되고. 그리고 생리대를 자주 갈아줘야 냄새도 안 나고 옷에 피는 것도 방지할 수 있어. 옷에 생리가 피면 칠칠하지 못하다고 욕들 하니까. 배 같은 데는 안 아프니? 혹 생리통이라고 여기저기가 아플 수도 있는데 약은 먹지 않도록 해."

새엄마가 내 초경을 축하해줄 거란 기대는 거품처럼 사라졌다. 대신 새엄마는 한숨을 여러 번 나눠 쉬었다. 어렴풋이 생리대 이름이 왜 후리덤인지 감이 오는 듯하다. 다리를 맘대로 벌릴 자유는 미련도 없이 날 떠나고 있다. 솜처럼 푹신푹신한 후리덤이 행동의 자유를 모두 빨아들인 것이다. 생살 찢고 철철철 넘치는 월경수를 눈 하나 깜짝 않고 흡수해 응고 시켜버리는 것처럼. 내 풋풋한 초경은 순식간에 다리를 모아 앉아야 하는 짜증나는 인내와 귀에 딱지로 앉는 잔소리로 바뀌었다. 왜 다리를 함부로 벌리지 말라는 것일까. 이미 내 다리 근육은 각도를 맘대로 조정할 수 있는 컴퍼스처럼 길들여졌는데 지금부터 각도를 갖지 말라니. 그럼 이젠 원도 못 그리는 송곳이 되어버린 컴퍼스처럼 살라는 말인가.

날 성숙한 여자로 변신시켜 주리라던 월경이 하루에 몇 번씩 옷을 갈아입어야 하는 수고를 감내하라 할 때마다 나는 지겨움에 어찌할 바를 모를 지경이다. 이렇게 일을 망치게 된 것이 모두 다 그 뻣뻣한 고집불통 돼지 때문인 것 같아 화가 치밀어 오른다. 소금이라도 한 줌 뿌려줬으면 하는 생각이 부글부글이다.

마루를 고쳐서 부업으로 시작한 비디오 가게는 의외로 장사가 잘 되었다. 아빠는 워낙 영화를 좋아해서 심야프로를 보기 위해 금성전자 아저씨의 노란 트럭을 빌려 시내까지 한 시간 운전하는 수고를 별 대수롭지 않게 생각했다. 그러다 비디오 가게를 갖게 되어 좋아하는 영화를 마음 내킬 때마다 꺼내볼 수 있게 되었으니 아빠는 스스로 손을 걷어붙이며 열심이었다. 엄마의 장사수단도 비디오 가게가 잘 되는 데 한몫했다.

금성전자 가게 한구석을 차지하고 겨우 목숨을 부지하던 간판을 얻어 와서 시작한 것이 지금은 우리 동네에서 가장 큰 비디오 가게가 될 줄 그 누가 알았을까. 동네 사람들은 황금알을 낳는 거위라며 부러움의 눈빛을 보내거나 그만두게 되면 꼭 얘기해 달라고까지 했다. 물론 시기도 잘 탔던 것 같다. 누가 먼저랄 것도 없이 우리 동네 사람들은 비디오 사들이기에 바빴다. 아마 비디오가 팔리는 재미에 금성전자 아저씨가 거의 자선하는 기분으로 노란 간판을 아빠 손에 건네준 것일 게다. 〈선미 비디오〉 노란 간판이 늠름하게 우리 집 가장 높은 곳에 올려지게 되면서 〈영화 비디오〉랑 끈질긴 승부를 겨루게 되었는데 이 모든 것이 우리 집 마루가 가게로 변신하면서 생기게 된 일이다. 간판 하나가 정승처럼 집을 지키는 게 안쓰러웠는지 아빠는 나무로 게시판 하나를 만들어 달았다. 게시판에는 철 따라 다른 꽃이 피듯 비디오 포스터가 알록달록 자주 바뀌었다. 아마 게시판도 옷을 갈아입을 때마다 압정 구멍이 생기는 게 달갑지 않았을 것이다.

비디오 가게가 커질수록 싸구려 운동화가 빨간색 프로월드컵으로 바뀐다거나 너덜너덜한 가방이 분홍색 아식스로 바뀌긴 했으나 내 정신이 화려하게 바뀐 건 아니다. 오히려 혼란스러움이 오일장에 널브러져 있는 옷가지보다 더 촌스럽게 날 괴롭혀 왔다. 마치 현진건의 '운수 좋은 날'처럼 비디오 가게가 부피를 달리할 때마다 나는 급체한 것처럼 편치 않았다. 방문만 열면 벌거벗은 여자들이 닭살 하나 돋지 않은 채 포즈를 취하고 있는 것쯤은 무시할 수 있다. 문제는 상상력이다. 하루

종일 가게에 틀어져 있는 비디오. 텔레비전이랑 이층을 만들어 누가 보든지 말든지 열심히 헤드를 돌리고 있는 그 비디오가 문제다. 빛의 각도에 따라 다른 그림을 보여주는 스티커처럼 움직이는 영상. 비디오가 힘들어하면 헤드 클리닝으로 5초간 돌려주면 또 좋다고 난리다.

유난히 밤만 되면 달리기를 하는지 거친 숨을 몰아쉬며 비명 지르는 여자들을 낳는 비디오와 텔레비전의 사랑. 가게 안 남자 어른들은 헉헉대는 숨소리만 나오면 무에 그리 재미있는지 웃음 잔치다. 그러면 나는 벽에 귀를 대고 막 건져 올린 물고기 지느러미처럼 고막 근처의 곤두선 신경들을 낚는다. 시신경은 렌즈가 없는 벽을 답답해한다. 필시 달리기하는 광경은 아니리라. 다 큰 어른들이 달리기하는 모습을 보려고 늦은 시각에 우리 가게로 모여드는 일은 없을 테니까.

도대체 저 소리는 무엇이란 말인가. 왜 이대근은 어색한 웃음을 웃고 내 상상력은 인과관계를 갖지 못하는 걸까. 아마 가슴에 멍울이 앉아 아파하는 여자 친구들이 몇 안 되는 국민학교 4학년 때 아빠가 들려주었던 어른들만의 놀이일까? 어른들을 위해 조작된 볼거리. 어른이 되어야만 동참할 수 있는 냄새 나고 침 흘리고 발가벗고 하는 놀이. 이제 나도 생리하는 어른인데. 영웅이 장난보다 더 저질인 지겹고 지긋지긋하고 날카

롭고 불쾌한 통증을 달마다 참아내야 하는 어른. 하지만 아무
도 끼워주지 않는 무료한 상상력의 저 놀이.

*

집에 은정이가 놀러왔다. 집 지키는 장승 같은 간판은 고
사하고 개 한 마리 키우지 않는 집에 국민학교 4학년인 내가
비디오 자랑에 바쁘다. 뿌듯하고 우쭐한 자랑을 뒷받침하기
위해 백문이 불여일견, 직접 보여주는 게 좋을 거라 생각하고
주변에 있는 비디오테이프를 자판기에 동전 넣듯 밀어 넣는
다. 배고픈 비디오는 마치 먹이를 받아먹듯 재빠르게 테이프
를 빨아들이고는 곧바로 헤드 돌아가는 소리를 지른다. 그런
데 텔레비전은 불량주화를 뱉어내듯 전혀 의외의 장면을 토한
다. 긴 혀를 가진 금발머리 여자와 삼각팬티에 도저히 넣고 다
닐 수 없는 고추를 가진 남자가 광희네 집 같은 화장실에서 발
가벗고 있다.

우리는 비디오테이프가 되어 차가운 비디오, 쫙 찢어진 입
으로 빨려 들어간다. 은정이와 나는 어찌할 바 모르고 눈만 동
그랗게 뜬 채 서로를 확인한다. 한글 자막이 나오지 않아도 무
슨 얘기를 하는지 직감적으로 알 수 있는 시시한 줄거리가 뭐

거창하게 비디오테이프로 만들어졌는지 따질 새 없이 은정이와 나는 침만 꼴깍꼴깍 삼킨다. 그런데 갑자기 바지 속이, 허벅지가 이상해지는 기분이다.

그때였다. 아빠가 들어오고 당황한 스무 개나 되는 손가락은 비디오 전원을 누르지 못했다. 우린 한 뱃속에서 자란 쌍둥이처럼 똑같은 생각을 한다. 죽었구나. 하지만 우리의 예상과는 달리 아빠는 아주 자상한 모습으로 우릴 앉히고 긴 설명을 했다. 얘기의 요점은 저 화면들은 거짓말이다. 새빨간 거짓말이고 저런 어른은 세상에 없다. 단지 어른들을 위해 만들어진 비디오다. 어른이 아닌 아이들은 이런 비디오를 보면 안 되고 앞으로 생각을 하거나 떠올려서도 안 된다. 아빠는 자신의 어른스러운 설명에 만족했는지 우릴 불법 비디오의 구렁텅이에서 구출했다는 안도의 숨을 쉬었지만 난 아니었다.

여자애들을 놀리기 위해 자주 바지를 내려 위협하는 강수의 포도 알 같은 불알 두 쪽과 고추는 화면 속의 남자 것과 너무 다르다. 강수 자지를 보면 소리를 지르고 흩어지며 도망치는 시늉을 하지만 강수 다리 사이에서 달랑거리는 것은 토실토실하고 징그럽지 않다. 게다가 크지도 않다. 그리고 왜 비디오의 여자는 허리를 활처럼 젖히며 고양이 소리는 내는지 이해가 안 된다. 남자는 여자를 좋아한다면서 자지를 똥구멍에 넣어 아프게 하고, 여자는 그런 남자의 징그럽고 커다랗고 똥 냄새 나는 그리고 날마다 몇 번씩 오줌 누는 고추가 더럽지 않은지 입에 물고. 그런 것을 좋아라하며 재미로 훔쳐보는 어른들. 그게 무슨 놀이냐? 고무줄놀이가 어른들의 위엄을 깬다면 적어도 오징어 잡기나 해바라기 정도는 되어야 재미있는 놀이가 되는 게 아닌가. 제주도에서 유일하게 똥통을 집으로 삼고 왕래하는 이들의 똥구멍이나 보는 우리 집 돼지와 뭐가 다를까. 아무리 인정하려고 해도 이건 상식 밖의 것이다.

그 일이 있은 후로 난 어른이 싫어졌다. 칠칠다방 아들 정민이에게 고민을 털어놓기 전까지. 담임선생님 감색 원피스 앞을 일자로 여민 열 개 남짓의 하얀 단추가 이유 없이 후두둑 떨어져 알몸이 드러나는 상상이 의지와 상관없이 때와 장소를 가리지 않고 머릿속을 넘나들고, 선생님의 혀가 뱀처럼 길어져 두 갈래로 나뉘는 모습이 자꾸 칠판에 그려졌다. 냄새나는 침을 흘리며 여기저기 핥고 있는 어른의 혀가 날 가만두지 않았다. 난 내 몸에 붉은 혀가 돋아 있다는 게 그렇게 싫을 수가 없었다. 사람들에게 저주받은 혀를 보여주지 않기 위해 말을 하지 않기로 했다. 입속에서 날름거리는 혀를 뽑아낼 수 없다면 영원히 어두운 입속 동굴, 축축한 감옥에서 썩게 하리라.

정민이는 이런 내 고민을 듣고 시시하다는 둥 벌써 다 뗀

과목이라는 둥 별것 아니라고 가볍게 처방한다. 의외로 남자애들은 아무렇지 않게 그것도 여러 번 본 모양이다. 횟수가 중요한 듯 우쭐대는 남자애들도 있단다. 정민이 덕분에 고민이 조금씩 사그라들긴 했지만 그렇다고 그런 화면을 인정한 건 아니었다. 그것은 어마어마한 천기누설을 나만 목격한 것이 아니라 세상 많은 사람들이 목격했다는, 일종의 소속감이었다.

*

아마 지금 내 잠자리를 어지럽히는 저 소리는 정민이가 심상하게 보아 넘긴, 은정이와 내가 죄인처럼 어쩔 수 없이 보게 된 어른들의 놀이임에 틀림없다. 그런데 어찌하여 심장은 큰 소리로 고동치고 미세한 구멍마저 없는 벽을 실망하며 뚫어져라 쳐다보는 내 눈은 어찌 된 일인가. 바지 속에서 올라오는 이상한 기운이, 어른들은 참 이상한 동물이라고 무에 그리 재미있다고 웃음까지 흘리나 하고 비웃던 마음까지 모두 흔들어 버리는 건 무슨 조화인가. 아, 어서 손님들아 집에 가라. 어서 어서 잠이여 오라.

*

　하나둘 쌓아 올린 돌담 곁으로 언제부터 자라기 시작했는지 전혀 알 수 없는 동백나무, 그중에서도 하늘과 가장 은밀하게 맞닿은 이파리를 '똑' 딴다. 봄이 아니라 이파리가 연하지 않다. 이파리 뾰족한 부분을 엄지손톱으로 꾹 눌러 잘라낸 다음 돌돌 말아 한쪽 끝을 눌러 입에 문다. 간지럽게 입술을 떨며 몸 안에서 일어나는 바람을 조심스레 불어넣는다. 피리 소리가 그다지 맑지 않다. 동백 잎 피리 소리는 햇살이 여물지 않은 봄이 최고다.

　크기가 일정하지 않은 구멍으로 바람에게 길을 내주면서 쉽게 무너지지 않는 돌담처럼, 아주 연한 이파리라야만 맑은 소리가 튀어나오는 동백 잎같이 내 열다섯은 달보드레하면서도 지칠 줄 모르고 지루하지 않은 성장에 기꺼워해야 하는 것이 아닌가.

　아빠가 부른다. 게시판에 새로 나온 비디오 포스터 붙이는 일을 도우라는 걸 거다. 지나가는 아이들이 보면 또 키득키득거리겠지. 나는 입에 물고 있던 씁쓰름한 이파리를 던지고 가게로 들어간다.

　"숙선아, 가게를 늘리려고 작은 방을 트기로 했어. 주인 할머니가 돌아가셔서 바깥채가 비었으니 네 짐을 옮겨야겠다. 그럼 너 공부하기도 좋고."

할머니는 바깥채에서 혼자 살았다. 완전히 독립된 한 채다. 아궁이에 불을 지펴야 하는 것이지만 부엌도 있고 마루에 어엿한 현관까지 갖추고 있다. 할머니 노망 때문에 주인 막내딸이 고생하는 걸 여러 번 봤다. 알아들을 수 없는 사투리에 방을 화장실처럼 썼기 때문이다. 벽에 똥오줌을 바르고 지독한 욕을 하고 걸을 수 없어서 앉은 자세로 옮겨 다니면서 일거리를 만들어놓곤 했다. 나는 여러 번 친해지려고 시도했지만 번번이 실패였다. 지독한 사투리를 알아들을 수 없었기 때문이었다.

그런 할머니가 돌아가셔서 이제 그 집을 내가 쓴다니 죽은 사람이 머물던 방이라 두렵다가도 나만의 방이 생긴다는 것이 설레기도 했다. 어른들의 난잡한 놀이에서 새어나오는 소음에서 해방이요, 동생들 잠버릇에 불편해하며 자지 않아도 되고 조용히 독서할 수 있고 뭐니 뭐니 해도 실컷 그림을 그릴 수 있으니 얼마나 행복한 일인가.

짐을 옮기고 보니 삐걱거리는 마루가 먼지를 머금고 검게 누워 있다. 내가 쓸 방은 창이 두 개다. 한쪽은 우리 집 벽, 또 한쪽은 화장실을 숨겨 놓은 마당 쪽으로 나 있다. 곁눈으로만 봐왔던 터라 집 내부가 어떻게 생겼는지 몰랐는데 그런대로 마음에 들었다. 바빠진 손은 그간 모은 돈으로 구입한 이젤의 키를 맞추고 스케치북을 올려놓고는 마당을 바라보는 창가에 세워 둔다.

도배를 다시 하지 않아서인지 벽이 황달 든 환자처럼 누렇다. 게다가 이 방은 유일하게 변소에 가지 않는 할머니가 머물었던 방이니 어느 구석인들 어느 벽인들 믿음으로 기댈 수 있겠나. 쓸고 닦고 부산 떤 방이지만. 변소에서 주워 온 잡지에서 그림을 찢는다. 잡지엔 유독 유화가 많은데 수준 있고 이름 난 것이다. 예쁘게 오려 젓갈처럼 할머니 똥오줌에 삭힌 벽에 붙일 참이다. 눈 가리고 아웅이래도 상관없다. 이문세 노래 악보도 이미 구해놓았다. 머리맡에 붙여 놓고 잠들 때마다 불러야지.

주인 막내딸은 종고 3학년인데 그다지 공부를 잘하는 것 같진 않다. 독후감 숙제를 겁도 없이 중학교 2학년인 나에게 부탁하는 걸 보면. 하지만 똥 닦으려고 갖다 놓은 책들은 마음에 들었다. 내가 그 음흉한 검은 돼지를 피해 이웃의 화장실을 유랑하지 않는 이유가 읽을 만한 책들이 가끔 구더기들을 피해 놓여있기 때문이다. 극성스럽게 책 구입에 인색한 부모님 덕분에 나는 늘 책 읽기에 목마르다. 변소에 궁색한 도서실이 마련돼 있으니 그나마 다행이다.

색종이만 한 창을 낸 변소에서 오 헨리의 '마지막 잎새'를 읽고 헤르만 헷세의 글을 읽고 '슬픈 베르테르의 슬픔'과 '주홍 글씨'를 읽었다. 서양 시인의 시를 낭송하기도 하고 문예지에서 어려운 활자도 읽었다. 물론 내가 놓치지 않고 읽는 다이제스티브는 세상에 얼마나 놀라운 사건이 많이 일어나는지 말해주곤 한다. 그중에서 정말 충격적인 이야기 하나가 있는데 세상에, 아버지가 의붓아버지도 아닌 친아버지가 딸에게 아이를 갖게 했다는 내용이었다. 딸은 아버지 몸에서 나왔을 건데 어떻게 아버지가 딸에게 아이를 갖게 할 수 있는지 이해가 되지 않았다.

아무튼 검은 돼지가 지키고는 있지만 읽을거리가 풍부한 변소를 난 외면하지 못한다. 다만 얼른 돼지를 잡거나 아니면 돼지의 시력을 누구라도 빼앗아갔으면 하는 바람이 날마다 크기를 키워갈 뿐이다.

나만의 집, 나만의 방에서의 첫날 밤. 나는 친엄마가 남긴 슬립을 입고 이젤 앞에 선다. 마치 유명한 화가처럼 폼이란 폼은 다 잡다가 붓 몇 번 만지고는 잠들 것이다. 요즘 자주 그리는 것은 잡지에 실린 그림인데 여자의 몸이 많다. 그리고 내 첫사랑인 이웃 동네 오빠 신발과 청바지.

그러나 평화는 길지 않았다. 외출이 잦은 부모님은 밤 열

두 시가 넘도록 가게를 맡기는 경우가 많아졌다. 가게 보는 일
은 산뜻하지 않아서 싫다. 우선 내 이름 숙선이를 두고 선미라
고 부르는 손님들. 나만의 방에서 누릴 수 있는 평화와 자유가
담배 연기 자욱하고 난잡한 포스터 속으로 사라지는 걸 손놓
고 바라봐야 하는 심정. 입안 가득 불만을 물고 홍콩영화만 하
루 종일 튼다. 동네 오빠들이 은근슬쩍 미성년자 관람불가 테
이프를 들고 와 빌려달라고 사정을 하다가 쉽지 않으면 협박
을 한다. 산에서 내려온 듯한 아저씨들은 〈영화비디오〉를 들
먹거리며 진열되지 않은, 있지도 않은 테이프만 꺼내라고 난
리다. 오리지날 포르노 테이프를 내놓으란 요구다. 으름장까
지 동반한 요구가 받아들여지지 않으면 화를 내거나 슬쩍슬쩍
내 엉덩이를 만진다. 뒤에서 기습적으로 껴안거나 스치기만
해도 아픈 유방을 손가락으로 콕콕 찌르거나 비틀기도 한다.
그다음에 통과의례로 흘리는 웃음은 몸에 있는 털이란 털은
다 서게끔 하는 위력을 가지고 있다.

냄새나는 변소에 콩콩거리는 돼지와 재미난 책이 함께 있
듯이 가게에는 도둑놈 같은 아저씨와 내가 사랑하는 이웃 동
네 오빠가 자주 온다. 광희가 입에 침이 마르도록 자랑하는 서
울대생 오빠는 아니지만 전문대학을 졸업한 오빠. 오빠는 야
한 비디오를 빌려가지도 않고 엉덩이를 몰래 꼬집지도 않는

다. 회수가 안 되는 비디오테이프를 일부러 찾아다준다고 부모님은 친동생처럼 아낀다. 오빠는 오토바이를 아주 잘 타는데 주윤발, 장국영도 꼼짝 못할 만큼 멋지다. 책 들고 다니는 모습은 운전면허시험 준비할 때뿐이었지만 한자도 잘 읽고 어쨌거나 대학을 졸업했으니 광희한테 나도 자랑할 수 있어서 좋다. 늦은 시각까지 당구 치러 가지도 않고 늑대 같은 아저씨들로부터 날 지켜주는 오빠. 빨리 어른이 되려고 발버둥치고 기다렸던 이유가 오빠를 당당하게 사랑하기 위해서였던 것이다.

*

숨도 쉬지 않고 돼지와 한바탕 눈싸움을 하며 오줌을 누고 나오다가 오빠와 정면으로 부딪친다. 나는 얼마나 창피한지 몸 둘 바를 모르겠다. 돼지와 유치한 싸움을 벌이는 광경을 본 건 아닌가 하는 걱정에 고개 숙이고 자리를 피하려는데 오빠가 왼쪽 팔을 잽싸게 낚아챈다. 순간 중심을 잃은 날 끌고 방금 일을 끝내 더 이상의 용무가 없는 변소 속으로 들어간다. 삐걱거리는 양철문을 달래가며 잠근다. 너무 놀란 눈이 밤길 헤매는 고양이 눈을 하고서 동공의 크기를 조절하는데 오빠가 묻는다. 사랑하는지에 대해서. 사랑이라…….

그래, 오빠는 나의 첫사랑이다. 오빠도 대학교 여자 친구들과 나이트클럽에 갔다가 내 얼굴이 아롱거렸다고 하지 않았는가. 블루스 출 때 여자친구에게 매너로 해줘야 하는 키스를 내 얼굴 때문에 하지 않았다고 하지 않았는가. 솔직히 아직 완전한 어른도 아닌 데다가 대학을 가보지 못했으니 그런 종류의 매너란 걸 이해할 수 없지만 나 때문이라고, 내 생각 때문이라고 하지 않는가. 그래도 그렇지, 내가 세상에서 가장 지긋지긋해하고 경멸하는 곳에서 사랑을 묻는 건 너무한 일이다. 오빠는 대답을 피하려는 날 거칠게 잡고는 대답을 재촉한다. 나는 떨리는 몸으로 눈은 검은 돼지 눈동자에 주고 그렇다고 대답한다.

주워 먹을 게 있나 하고 우리가 옷 벗길 애타게 기다리는 똥돼지. 오빠는 사랑한다면 자기를 믿으라고 난리고 돼지는 남녀 둘이 어떻게 똥을 눌 건지 두 눈알을 정신없이 돌리고 내 맘은 방향 잃은 구더기 마냥 어지럽고. 오빠는 벽에 손을 짚게 하고 내 다리를 벌리게 한다. 치마 걷는 손길에 놀라 흠칫 뒤를 돌아보니 모른 척 바지 지퍼를 내린다. 사랑을 한다면 다 하는 일이라니 어쩌면 좋나. 난 어금니를 물고, 시키는 대로 가만히 있을 수밖에.

순간 살을 뚫은 것 같아 깜짝 놀란 한 음절이 입 밖으로 채 나오지 못한다. 돼지도 놀랬는지 쿵쿵이고 난 문득 활처럼 허리를 휘던 여자 생각에 고양이 소리를 냈다. 그래야만 할 것 같았다. 오빠는 버럭 짜증을 내며 입을 틀어막는다. 그렇게 난 수많은 어른의 계급 중에서 처녀를 버리고 처녀 아닌 처녀인 어른이 되었다.

사실 내가 놀란 것은 내 몸에 나도 모르는 구멍이 있다는 깨달음 때문이다. 가정 선생님은 여자의 몸은 유리잔이다. 유리는 깨지면 붙일 수 없다. 설사 붙였다 해도 자국이 남는다. 그러니 깨지지 않도록 하라고 했지 몸에 그런 큰 구멍이 숨어 있다고 말해주진 않았다. 동정을 하고많은 화장실을 버리고 변소에서 바치며 국민학교 때 본 비디오 내용이 거짓이 아니라는 걸 알았다. 조금의 과장이 있었을지언정 조작이 아니었다. 여자와 남자가 한 방에 있으면 남자의 몸에서 정자가 나와 공간을 떠돌다가 여자 몸에 들어가 아기가 생긴다는 영미의 추측은 완전히 틀렸다. 적극적인 몸의 운동이 배제된 틀린 가설이다. 그런 식이라면 아빠와 딸, 엄마와 아들 사이에도 아이가 생기겠다는 내 반론에 힘을 싣지 못한 게 후회된다.

내가 오빠에게 울며 겨자 먹기 식으로 동정을 바치는 모습과 오빠 팬티에 묻은 핏자국을 보면서도 무얼 더 훔쳐보려고 하는지 돼지 눈은 초롱초롱이다. 하느님, 세상이 바뀌어도 우리 집 돼지에게만은 말할 수 있는 능력을 주지 마소서. 그리고 사랑이 이렇게 시시한 것이었나이까. 달콤하단 키스도 거짓말이고 포근하단 포옹도 거짓이고 모두 다 새빨간 거짓말입니까.

어떻게 남자와 여자는 이렇게 다른 모습일까. 내 음부는 두 다리 사이에 숨어 거울로 비춰야만 보이는데 남자들은 바지 지퍼만 내리면 툭 하고 나온다. 게다가 강수의 새끼손가락만 한 자지는 어디로 가고 도깨비 방망이처럼 크기를 자유자재로 달리하는 버섯 같은 것이 자리를 지키고 있으니. 그리고 지저분하게 오줌 나오는 구멍을 통과해 신비한 아기가 될 아기씨가 나온다니 우웩이다. 새벽이면 세상 사람 절반이 하느님을 향해 가운뎃손가락을 치켜들고 있는 꼴이라니 하느님 심기도 여간하시겠다. 아마 소변 나오는 통로와 아기씨 나오는 구멍을 같이 쓰게 하신 하느님께 미래의 아이들이 데모하는 건 아닐까.

유치한 '사랑한다면'의 얼굴을 정면으로 보고 나니 허무한 슬픔 같은 것이 거품처럼 부풀어 오르는 것 같고 찬바람 속을 알몸으로 달리고 싶은 마음이 가득 찰 뿐이다. 어른이 돼서 하는 사랑은 참 시시하고 냄새나고 지저분한 것 같다. 이문세의 노래처럼 애절하고 아찔한 현기증 같은 그리움은 영화에만 사는 걸까. 인분에 육신을 굴리며 변소 구멍에만 매달린 돼지가 한 장면이 되어 스치지만 난 얼른 채널을 돌린다.

*

여름은 저물 줄 모르고 배고픈 모기를 쉬지 않고 낳는다. 방으로 돌아간 난 꼼짝도 않는다. 밤이 오는 줄도 모르고 앉아 있다가 모기의 날개 소리에 정신을 차린다. 이젤 위엔 이름도 모르고 본 적도 없는 여인의 흉상이 그려져 있고 책상 위엔 오빠를 향해 적어오던 내 맑은 그리움들이 지친 얼굴로 졸고 있다. 파란색 그물, 모기장의 네 귀를 방의 사각과 짝을 맞춰 고정한다. 이제 저 안에서 절대 나오지 않으리. 그 어떤 것도 내 살을 찢어 놓지 못하리. 누구의 내장에서 실을 뽑아 집을 만들었는지 모르나 모기장 안은 자궁 안처럼 세상과 연결을 끊지 않고서도 완벽하게 세상으로부터 날 보호해주는 것 같아 좋다. 사랑을 위해서라면 뭐든 할 수 있어야 한다고 되뇌면서 잠을 청한다. 살 위를 미끄러지는 슬립의 촉감이 좋다.

얼마나 시간이 지났을까. 술 냄새를 풍기며 날 더듬는 손이 있다. 나는 깜짝 놀랐지만 가위눌린 것처럼 몸을 움직일 수가 없다.

"누구?"

"응, 아빠야."

다이제스티브는 방금 들은 목소리를 의심할 수 없게 한다. 분명 아빠의 대답이고 아빠의 손이다. 다이제스티브가 들려준 이야기가 내게도 현실로 다가오는 걸까. 끔찍한 손이 모기장을 뚫고 들어오다니. 게다가 아빠라니 고함을 지를 수도 없다. 다이제스티브만 아니었어도 난 소리를 가질 수 있었을 텐데. 이 광경을 새엄마가 보는 날엔 다시 가정을 잃고야 말겠지. 어쩌면 좋을까.

머리카락이 다 서고 형광등을 켜려고 몸을 세우는 것도 힘들다. 가만히 생각을 정리하며 꼴깍꼴깍 침만 삼킨다. 어둠에 익숙해질 무렵 술 취한 손이 아빠가 아니라는 걸 알게 되었다. 아주 짧게 안도감이 찾아온다. 아빠가 아니니 얼마나 다행인가. 다음부터 다이제스티브는 절대 읽지 않을 거다.

"아빠 아닌데. 누, 누, 누구세요?"

손은 일어나 자세를 바르게 고쳐 앉는다. 손이 내 위에서 얼마나 떨었는지 내 몸이 자꾸 흔들리는 기분이다. 손은 목소리를 다듬는다.

"응, 나는 마당 건너편에 살아. 나 본 적 없니?"

"예? 왜 내 방에 왔어요? 소리 지를 거예요."

하지만 난 소리를 지를 수 없다. 타이밍을 놓쳤단 계산 때문이다. 아빠란 대답에 시간을 너무 지체했다. 지금 소리를 지르면 아빠는 왜 처음부터 도움을 청하지 않았느냐 다그칠지 모른다.

"소리 지르지 마. 난 네가 참 좋아. 오늘도 널 보려고 일부러 술 마시고 온 거야. 용기가 생기지 않아서."

"어떻게 날 알았어요? 난 아저씨 한 번도 본 적 없는데."

모기장 속 어둠은 그의 실루엣만 가르쳐줄 뿐 얼굴을 확실하게 보여주지 않는다. 수많은 날들 속에서 우연히 아저씨를 보았을지 모른다. 하지만 도저히 누구의 손인지 감이 오지 않는다. 날마다 마당을 건너 내 방 창문을 바라보는 눈이 있었다니. 그럼 내가 갖은 폼 잡고 그림을 그리거나 속옷 바람으로 돌아다니는 것을 다 보았을 게 아닌가. 슬립 차림은 물론이거니와 내가 방에서 무얼 하는지 다 보았을 게 아닌가. 거울로 내 음부를 확인하는 모습, 브래지어가 답답해 풀어버리는 모습, 생리대 가는 것까지 모두 보았을 게 아닌가.

"너 딸딸이 해?"

"딸딸이가 뭔데요?"

"자위행위 말이야. 손으로 하는."

난 너무도 불쾌해서 딱 잘라서 아니라고 말했다.

"실은 네 방 앞을 지나다가 창문이 열린 걸 보았어. 근데 네가 팬티 바람으로 잠을 자는데 팬티 속에 손을 넣고 잠을 자더라고. 그걸 본 순간 자지가 꼴렸어. 그 후로 널 잊을 수가 없어."

"아저씨, 난 아직 열다섯이라구요. 그런 말 나한테 하지 마세요."

손은 깜짝 놀라며 내가 고등학교 졸업반인 줄 알았단다. 아마 내가 주인집 막내딸인 줄 알았나 보다. 어른이 되길 그렇게도 갈망했던 내가 열다섯을 무기로 날 지키고 있다. 그 어둠의 손은 서른두 살 노총각이고 난을 재배하고 있다고, 친구 누구가 장가를 들었는데 부럽다고, 내가 집에 자주 놀러왔으면 좋겠다고, 동백나무 심어진 돌담을 따라 쭈욱 걸어가면 마지막 집이 자기 집이라고 한참을 얘기한다. 그러다가 손은 모기장을 뚫고 들어온 이유를 얘기한다. 날 갖고 싶다고. 사랑하는 사람이 있어서 안 된다고 잘라 말한다. 그는 그게 누구냐 슬퍼하며 그래도 내 구멍을 뚫고 싶다고 조른다. 블루스 추는 오빠처럼 내 머리에도 오빠 얼굴이 그려진다. 그는 거절하는 내 몸 위를 비비다가 지쳤는지 떨어져 나간다. 그래도 고맙단다. 순간 연민 비슷한 게 달빛처럼 부서졌다.

손은 그 후로도 몇 번씩 신발을 들고 열쇠 없는 문턱을 넘어 모기장 안으로 들어왔지만 살을 찢는 일은 없었다. 곤한 잠을 깨우고 하루 일과를 얘기하거나 장미꽃은 어디에 뒀는지 줄기만 들고 와서는 멋쩍은 웃음을 흘린다. 난은 키우기에 따라 가격이 달라진다며 이백만 원 넘는 난도 기른다며 우쭐대다가 내게 선물해도 되냐고 한다. 손은 사랑을 가지고 내게 협상하지 않는다. 아무리 그렇다고 해도 밤이 난 너무 무섭다. 막상 손이 내 옆에 있을 때는 무섭지 않지만 손이 모기장을 들추고 올 것만 같은 밤은 무섭다.

난 오빠에게 이 불쾌하고 무서운 방문에 대해 말하며 열쇠를 달아 주라고 부탁했다. 오빠는 미간을 찌푸리고 알았다 대답했지만 열쇠를 달아주지 않았다. 사랑을 갖고 나도 협상할 걸 그랬나.

손은 또다시 방문을 넘어버리고 말았다. 열쇠를 달아주지 않은 오빠가 원망스러울 만큼 손의 어깨가 처져 있다. 내 손이 자진하여 가여운 그를 마루에 일으켜 세운다. 한 번도 춰 본 적 없는 블루스를 달이 보이는 마루에서 춘다. 음악은 없다. 고양이는 저 멀리서 짝을 찾는 모양이다. 날카로운 구애의 울음이 손의 귀를 연다. 마당은 변소를 숨기고도 돼지를 깨우지 않는다. 매너의 키스도 없다. 단지 몸을 조금씩 기울이며 발을 뗄 뿐이다. 귀 없이도 소리를 들을 수 있다는 걸 알겠다. 내 나이 열다섯의 무더운 여름밤이 지고 있다.

*

방학의 꼬리를 물고 쫓아온 개학은 초경에 대한 설렘을 자랑하리라, 뽐내리라는 마음을 한입에 삼켜버린다. 과제물을 제출하느라 교실 안은 북적대고 친구들과 조잘댈 시간이 쉽게 주어지지 않는다. 자리를 지키고 이름이 불릴 때마다 종류별로 과제물을 분류해서 교단에 올려놓아야 한다. 아무도 내가 어른이 되었다는 걸, 어른들의 사회로 신분 상승한 것조차 부족해 깨어져버린 유리잔이 되었다는 걸 모르는 눈치다. 쉬는 시간을 알리는 벨소리가 날 일으켜 세운다.

아뿔싸, 일어섬과 동시에 바지에 붙어 있는 방학 때 질리도록 느껴야 했던 축축함. 이미 나무 걸상은 가을도 아닌데 단풍이다. 도로 주저앉는 몸엔 어느새 식은땀이 흥건하다. 친구들이 내게로 몰려든다. 남녀합반인 우리 반에서 피 묻은 바지로 칠칠치 못한 내가 앉아 있다는 게 알려지는 날엔 큰일이다. 어찌하여 월경은 달도 헤아릴 줄 모르고 찾아왔단 말인가. 그런데 뒤에 앉은 용숙이가 몰려드는 남학생을 한데 모아 밖으로 나간다. 그러면서 얼른 조퇴하라는 눈빛을 보낸다. 남자인 용숙이가 눈치 챈 모양이다. 멋진 녀석이다.

조퇴받고 집에 돌아간 내게 아빠는 일기장을 내밀며 노발대발이다. 오빠를 사랑하는 걸 알아버린 모양이다. 멸치똥만한 것이 사랑이라며 방 안 벽지 모두가 신경을 곤두세운다. 난 얼버무리며 방에 열쇠를 달아달라고 청한다. 사건의 흐름을 그쪽으로 이끄는 것이 유리할 거라 생각했기 때문이다. 사실을 들은 아빠는 오빠랑 손을 만나러 간다. 손이 가엾다. 오빠나 실컷 두드려 주지.

열쇠를 달아주며 아빠가 손이 내 몸 위로 올라왔는지 물었다. 속뜻은 순결을 잃었느냐는 것일 게다. 아니라는 대답에 아빠는 안도의 숨을 품고 첫날밤은 결혼해서 사랑하는 사람과 보내야 한다고 국민학교 4학년 때의 아빠가 되어 말한다. 순결을 잃는 날엔 혀 깨물고 죽어야 한다며 손이 모기장을 들추고 올 때 왜 부르지 않았느냐 묻는다. 어찌 이유를 말씀드릴 수 있단 말인가. 이번 일은 죽을 때까지 아무에게도 말하지 말라며 방을 나간다. 형광등을 갈아주러 온 오빠가 날 안으려고 한다. 난 뿌리치며 일기장을 던진다.

"가서 땅에 묻어."

혀 깨물지 않은 나는 일기를 쓰지 않으리라 다짐한다. 창문을 함부로 열어놓고 자지도 않을 것이고 날마다 열쇠를 잠그고 다시 어른이 되기 위해 기다릴 것이다. '사랑한다면'으로 날 조정하려고 하는 사람과는 상종도 안 할 거다.

*

　손은 더 이상 문턱을 넘지 않았다. 열쇠를 딸 용기는 술기운에도 나오지 않는 모양이다. 오빠는 긴 머리를 노랗게 염색한 한동네 여자애를 강아지처럼 끌고 다니느라 가게에 오는 횟수가 부쩍 줄어들었고 나는 몸엣것을 바지에 묻히고 다니는 일이 줄어들었다.

　할머니가 돌아가셔서 똥 치울 일이 없어진 주인 막내딸은 줄어들지 않는 가사 노동으로부터 해방을 부르짖으며 종고를 졸업하기가 숨 가쁘게 시집을 간단다.

　마당에는 주인네 손님들로 가득하다. 잔칫상엔 변소를 지키던 돼지가 올라와 있다. 주인 아줌마가 고길 권했지만 난 한 점도 먹지 않는다. 똥돼지라 맛이 더 좋다고 손님들은 부지런히 젓가락질을 한다. 돼지가 사라진 변소는 평화롭고 고요하다. 이제부터 화장실에는 똥 닦을 책이 한 권도 놓이지 않을 것이다.

그
녀,
허
궁

그
녀,
허
궁

그녀의 방문에 여자와 남자는 순간 정지 상태가 됐다. 갑자기 세상이 멈춘 것처럼. 여자는 전기 포트 손잡이를 잡은 채로, 남자는 책 표지에 송곳을 꽃는 자세로 서 있었다. 여자는 남자를 위한 차를 준비 중이었고, 남자는 제본이 헐거워진 책을 단단한 끈으로 묶어두려던 참이었다. 두 사람은 반쯤 입을 연 채로 마치 못 볼 것을 본 사람처럼 눈꺼풀만 무겁게 껌벅거렸다.

남자가 현관 쪽 센서 등으로 시선을 옮겨 보안시스템이 제대로 작동하고 있는지 살폈다. 예리한 빨간빛이 메트로놈처럼 일정한 간격으로 점멸을 반복했다. 남자는 수동으로 맞춰둔 홈케어 시스템이 오토매틱으로 돌아간 이유를 알지 못했다. 무엇보다 외부인의 출입에 아무런 신호를 보내지 않은 프로그램에 골치가 지끈거렸다. 프로그램이 가족의 구성원이었던 그녀를 외부인으로 인식하지 않은 것은 당연했다. 남자는 자기도 모르게 송곳을 쥔 손에 힘을 주었다. 위험한 방문이란 예감 때문이었다. 전기 포트에서 올라오는 수증기 때문인지 여자의 얼굴이 일그러져 보였다. 여자는 아랫배에서 올라오는 울음을 참더니 와락, 그녀에게 달려들었다.

  - 엄마!

그녀는 여자의 엄마다. 여자는 말을 배우면서부터 그녀를 엄마라 불렀고, 그녀는 몸속에 여자를 품고 있을 때부터 아가라 불렀다. 하지만 그녀는 만삭의 여자를 알아보지 못했다. 여자를 자꾸 밀어내며 남자에게 다가가려고 몸을 기울였다. 그녀는 남자에게서 아주 중요한 무엇인가를 찾는 것처럼 보였다. 남자는 자신에게 고정된 그녀의 눈빛을 피해 서재로 걸음을 옮겼다. 그녀의 귀환을 누군가에게 알려야만 했다. 그녀가 남자의 등을 향해 다급하게 소리쳤다.

  - 우리 아가는 어디 있어요?

남자는 걸음을 멈췄다. 하지만 뒤돌아보지는 않았다. 남자는 혼란스러웠다. 그녀가 어떻게 돌아오게 되었는지, 왜 이제야 돌아왔는지 묻는 것보다 눈앞에 있는 아가를 알아보지 못하는 그녀의 상태가 어떤 것인지 먼저 알아야 했다. 하지만 물을 마땅한 곳이 떠오르지 않았다.

*

인류의 문명이 발전하면 할수록 인류는 신이 놓은 덫에 걸리기 일쑤였다. 최근 온 세계를 휩쓴 두 번의 팬데믹이 인류에게 남긴 것은 불임이란 후유증이었다. 전염병이 창궐할 때마다 거대한 시스템은 태연하게 사람들의 어깨에 주삿바늘을 꽂았다. 백신을 맞은 사람들은 곧 안정을 찾고 사회로 복귀했다.

세계는 하나의 완벽한 프로그램에 따라 운영되었다. 마치 지구의 공전과 자전도 프로그램이 없다면 불가능한 것처럼. 거리는 늘 깨끗하게 유지되었고, 후미진 뒷골목 같은 것은 세상 어디에서도 찾아볼 수 없었다. 거리의 가로수나 공원, 숲의 나무들 역시 식재부터 관리까지 철저한 계산으로 결정됐다. 이런 변화는 당장 아토피로 고생하는 사람을 사라지게 했다. 아토피는 퇴치된 수많은 질병 목록에 추가돼 사람들의 기억 너머로 사라지고 있었다.

사람들은 프로그램의 개발을 인류의 혁명이라 불렀고, 시스템에 의해 세계가 작동하는 것을 당연한 것으로 여겼다. 그 어떤 것도 프로그램 바깥에 위치할 수 없었다. 물방울 하나, 바람 한 점도 모두 프로그램 체제에서 철저하게 관리되었다.

세계를 하나로 통일시킨 프로그램의 이름은 에덴이었다. 뱀의 유혹에 넘어가기 전의 에덴. 지구는 신이 인간에게 준 선물이라는 정신에서 출발한 에덴은 세계의 구조를 인간 위주로 재편성했다. 에덴은 인간의 욕망을 실현하기에 부족함이 없는 윤택과 편리를 바탕으로 한 안전과 청결을 강조했다. 사람들은 수시로 공중에 뜨는 홀로그램 화면을 통해 에덴동산을 구체화했다. 깨끗한 거리에서 정갈하게 옷을 입은 사람들이 한 치의 오차 없는 질서를 사랑의 눈빛으로 바라보는 세상. 그곳은 선악과가 자라거나 뱀이 출몰하는 곳은 아니었다.

하지만 두 번째 팬데믹을 지혜롭게 건넜다고 자축하는 인류에게 에덴은 청천벽력 같은 소식을 전했다. 마지막 전염병 환자가 발생하고 5년이 흐른 후였다. 거리엔 위아래가 터진 벽처럼 홀로그램 화면이 비처럼 쏟아졌다. 병에 노출됐던 여성이나 백신 접종을 마친 여성 모두 가임 능력이 훼손됐다는 것이다.

화면이 바뀔 때마다 종류가 다른 그래프들이 생겨났다 사라졌다. 임신을 원치 않는 여성들이 상당수인 상황에서 이런 뉴스가 쏟아진다는 것에 대해 처음에는 많은 사람이 당황했다. 임신이 가능한데도 임신을 원치 않는 것과 임신 불능은 다른 것으로 다루어졌고, 에덴은 임신 능력을 상실한 여성을 여성으로도, 인간으로도 인정하지 않으려 했다. 입사 지원서류에 병원에서 발부한 가임 진단서를 첨부토록 요구하는 회사가 생겨나기도 했다. 문제는 당사자인 여성은 자신의 가임 여부를 알 수 없다는 것, 남성의 불임 가능성은 중요하게 다뤄지지 않는다는 것이었다. 자연스레 여성들이 하나둘 사라졌다. 엄밀하게 말하자면, 여성들이 연기처럼 사라진 것은 아니다. 그들은 바퀴벌레처럼 세계 곳곳의 어둠 속으로 숨어들었다는 게 옳았다. 지구의 어떤 변화에도 살아남았던 바퀴벌레를 단숨에 멸종시킨 에덴이 여성들에게 무슨 짓을 할지 불 보듯 뻔했다. 에덴은 위험을 감지하자마자 인류 증산 프로젝트를 실행했다. 마치 잘 짜인 순서도에 따라 움직이는 것처럼.

인류는 팬데믹을 경험하기 훨씬 전부터 인구감소를 심각한 문제로 인식해 왔다. 난임을 극복하기 위한 역사는 거룩할 정도였다. 의학계와 과학계가 팔을 걷어붙이고 난임 치료에 몰두한 결과는 대단했다. 인류에겐 건강한 정자와 난자로 수정된 냉동 배아 육만 개가 있었고, 여성을 대체할 임신 유지 로봇이 만들어졌다. 허궁no.507. 육아 프로그램이 업로드되자마자 에덴은 서둘러 로봇 생산에 들어갔다.

허궁no. 507은 착상부터 출산, 육아까지 한 대의 로봇으로 완성한다는 게 핵심이었다. 로봇은 아이의 신체적, 정서적 성장까지 고려해 특별 제작되었다. 한마디로 완벽한 유모를 만들어낸 것이다. 탄성이 좋은 소재로 만든 자궁은 탈 장착이 가능했다. 주 수에 맞춰 자궁은 점점 커지며 적정량의 양수와 영양분이 주입되도록 설계돼 있었다. 심장 소리와 혈액 흐르는 소리, 장기가 움직이는 소리가 녹음된 스피커를 자궁과 연결하는 등 태아의 안정까지 고려한 모델이었다.

태아가 성장 중에 유전적 문제나 기형아 소견 등을 보이면 로봇은 아이와 연결된 모든 장치의 전원을 차단했다. 암이나 임신성 당뇨 등 산모의 건강 악화로 태아가 위험에 놓이는 경우는 애초에 차단된 셈이라 불완전한 여성의 몸보다 더 안정적이었다. 태동이 감지되면 로봇은 인간의 어머니처럼 배를 쓰다듬거나 말을 걸고, 자장가를 부르기도 했다. 출산 역시 인간의 몸에서 태어나는 것과 마찬가지로 단계별로 조직하고 프로그램에 적용했다. 아기는 좁은 산도를 빠져나올 때의 느낌을 고스란히 느끼며 세상에 나오게 되는 것이다. 로봇은 인간이 세상에 나오면서 겪는 최초의 고통을 빼앗지 않았다.

태어난 아기가 로봇의 유륜을 세게 빨면 신호를 감지한 유선이 젖을 흘려보냈다. 로봇의 외형은 약간 살집이 있는 성인 여성으로 인조 피부와 모발, 동작까지 인간의 것과 흡사했다. 로봇의 왼쪽 가슴에 새겨진 모델명이 없다면 인간과 로봇을 구분하기 어려울 정도였다. 제품 가이드의 절반 이상을 차지할 만큼 로봇의 기능은 실로 엄청났다.

하지만 허궁no. 507의 특징은 이런 자잘한 것에 있지 않았다. 과학은 날로 발전해 인간의 정신적 활동까지 데이터화하는 단계에 이르렀다. 인간의 어머니라면 겪는 심리적 변화와 행동 양상, 모성애 같은 정신적 활동을 표준화하고 이를 프로그래밍하는 작업이 완성되자 에덴은 허궁no. 507에 적용했다. 에덴은 속도를 낼 수밖에 없었다. 우둔한 인간이 번식 방법을 탄력적으로 바꾸지 않는 한 인류의 미래가 절망적이라 판단한 것이다. 에덴은 마침내 인간을 키우는 어머니를 창조했다. 인간이 만든 에덴이 인간을 키우는 어머니를.

에덴은 삼만 개의 자궁에 배아 삼만 개를 착상시켰다. 에덴은 육만 개의 배아를 한 바구니에 담는다는 것이 얼마나 위험천만한 일인지 알았다. 착상에 성공한 자궁들을 허궁no. 507에 장착하자 삼만 개의 허궁no. 507이 일제히 눈을 떴다.

허궁no. 507은 제주도 신화 '허궁애기본풀이'에서 따온 것이다. 저승에 간 어미가 이승에 두고 온 자식들을 잊지 못해 밤마다 아이들을 찾아가 보살피다가 날이 밝기 전에 저승으로 되돌아오길 반복했다는 허궁애기. 새끼를 향한 그리움으로 이승과 저승의 문턱을 닳게 만든 허궁애기는 지금 인류에게 가장 필요한 존재였다.

*

　세상에 후미진 뒷골목은 없어도 폐기된 로봇들의 처리장은 있었다. 낡고 훼손된 로봇을 부위별로 해체해 쌓아두는 처리장치고 조명이 너무 밝고, 깨끗했다. 수시로 먼지 흡입기가 돌아다니면서 부유하는 먼지까지 모두 흡수했다. 먼지는 로봇에게 치명적이었다. 에덴은 컴퓨터 언어와 전류로 작동되는 세계다. 로봇에 먼지가 쌓이면 오작동되거나 화재에 노출될 위험이 있었다.

　남자는 로봇 처리장에서 로봇을 해체해 쓸 만한 부품을 골라내고, 나머지는 소각했다. 재활용도 소각도 불가능한 조각은 로봇의 무덤으로 옮겨졌다. 남자는 소각이 불가능한 구버전의 닥터 케어 잔해를 건물의 뒤편에 있는 웅덩이에 쏟아부었다. 특유의 화학 냄새에 미간을 찌푸리며 작업복에 묻은 먼지를 털자 어디선가 나타난 먼지 흡입기가 윙윙거리며 잽싸게 먼지를 먹어치웠다. 남자는 먼지 흡입기의 윙윙거리는 소리가 로봇의 마지막을 배웅하는 곡소리처럼 들렸다.

작업장으로 돌아온 남자에게 홀로그램 문서가 도착했다. 남자가 검지로 화면을 터치하자 문서가 열렸다.

- 축하합니다. 미래 인류의 아버지가 되신 것을 축하드립니다.

폭죽이 터지는 요란한 소리와 함께 배달된 메시지는 남자를 흥분하게 만들었다. 남자는 쉰 살이 되도록 결혼은 고사하고, 연애 한번 해보지 못했다. 그런 남자에게 아기를 밴 로봇이 배달된다는 것이다. 갓난아기만 배달된다면 남자는 행운을 반려했을 것이다. 하지만 성인 여성을 완벽하게 구현한 로봇과 아기라니 남자는 너무 벅차 무릎을 꿇었다. 손기술이 좋은 남자는 폐기된 로봇의 조각으로 아기에게 줄 장난감을 만들며 허궁no.507의 배송을 기다렸다. 남자는 자기 앞에 펼쳐질 새로운 세계에 대한 기대와 인류의 미래를 책임진다는 소명감에 벅차올랐다.

에덴은 안정된 가정에서 자란 아이만이 세계를 위험에 빠트리지 않을 거라고 확신했다. 에덴 프로그램이 전 세계를 통일하는 프로그램으로 채택될 때 사람들은 범죄 없는 세상과 전쟁 없는 세상을 갈망했다. 세계의 안정을 가장 중요한 가치로 내세운 에덴 프로그램이 사람들의 욕망과 맞아떨어진 셈이었다. 그런 만큼 에덴은 자기 진화를 거쳐 안전과 안정에 관한

철학적 사유까지 가능하게 되었다. 사람들이 식사를 마치고 휴식을 취하는 시간대마다 그윽한 목소리로 세계의 안정을 완성하는 에덴에 대한 표어가 배경음악처럼 흘러나왔다.

에덴은 불특정 다수에게 선물처럼 허궁no. 507이 배달된다는 설정으로 사람들에게 프로젝트에 대한 기대를 유도했다. 하지만 에덴은 선별조건에 부합한 사람들에게 허궁no. 507과 아이를 양육할 기회를 제공했다. 개인 파일에 저장된 유전 정보와 건강, 인성 등의 정보에 순위를 매겨 삼만 명의 남성을 뽑고 순차적으로 허궁no. 507을 배달했다.

세상은 온통 미래 인류에 대한 기대와 허궁no. 507에 대한 기사로 흥분돼 있었다. 열 달 후면 아기의 울음소리로 세상이 다시 깨어나리란 기대는 기도를 잊은 사람들에게 종교를 떠올리게 했다. 미천한 인간이 신에게 도전해서는 안 된다는 고루한 주장들은 가늘고 길게 이어졌다. 신에게 도전장을 내민 이는 인간이 아니라 에덴이란 조롱과 함께. 서른일곱 번째 태어나는 아기가 세상을 구원할 거란 믿음이 생겨나고 빌렌도르프의 비너스와 허궁no. 507을 묘하게 섞어 표현한 회화가 팝콘처럼 생산됐다. 에덴이 세상을 장악하면서 불필요의 이름으로 책들이 폐기되었는데, 혹시 어딘가에 남아있을 책들을 찾아 나서는 사람들도 생겨났다. 순전히 '허궁애기본풀이'를 읽기 위해서. 아기의 울음소리를 들어보지 못한 세대의 호기심을 이용해 아기의 울음소리, 웃음소리를 제공하는 사이트도 생겨났다.

남자에게 배달된 허궁no.507은 원피스에 분홍색 앞치마를 두르고 있었다. 표준 여성의 키로 약간 통통했다. 부드러운 갈색의 웨이브를 한 머리칼은 어깨를 살짝 넘는 길이였다. 피부는 맑고 하얬다. 왼쪽 가슴에 허궁no.507이 돋을새김돼 있었다. 남자는 허궁의 복부를 유심히 살폈지만, 임부의 모습처럼 보이진 않았다.

- 11주의 여아를 임신 중입니다.

그녀의 목소리는 안정적이고, 감미로웠다. 둘은 아기를 아가라 부르기로 했다. 허궁은 피곤하다며 남자의 침대로 가 누웠다. 그리곤 남자에게 자장가를 불러 달라고 했다. 남자는 얼떨결에 허궁의 배에 대고 노래를 불렀다. 엄마가 섬 그늘에 굴 따러 가면 아기가 혼자 남아 집을 보다가…. 남자는 자기가 이 노래를 기억한다는 것에 놀랐다. 남자의 엄마가 자기를 등에 업고 불러주었던 자장가. 어느새 남자의 기분이 가라앉았다. 엄마 생각이 나자 가슴을 무거운 바위로 누르는 것 같았다. 허궁은 노래를 채 마치기도 전에 자장가를 멈추라고 했다. 아가의 정서에 좋지 않은 노래라고. 허궁은 자리에서 일어나 태교에 좋다는 모차르트를 틀었다.

남자는 허궁이 집에 오면서부터 작업장과 집 외에는 나가지 않았다. 작업장에서는 태어날 아가를 위해 모빌을 만들거나 장난감을 만들면서 휴식 시간을 보냈다. 집에서는 허궁의 지시대로 태교에 동참하면서 허궁의 신체 변화를 살폈다. 남자는 아가의 존재를 실감하기 어려웠다. 오히려 표준의 외모를 지닌 여성과 무난한 살림을 차린 기분이었다. 남자는 오래된 시집을 꺼내 아가에게 읽어주었다. 허궁도 이것만은 막지 않았다. 아가는 특히 릴케의 시를 좋아했다. 아니, 허궁이 좋아했다고 하는 것이 옳은 표현일 것이다. 허궁은 남자가 책을 읽을 때마다 눈을 감고 아가의 움직임에 집중했다.

에덴이 거미줄 같은 그물망으로 세계를 연결하면서 책의 소각을 유도한 적이 있었다. 책들이 꽂힌 책장이나 책들이 쌓여있는 곳은 어김없이 먼지가 수북했다. 사람들이 부지런히 책을 꺼내 책장을 넘기지 않았기 때문이다. 음성 인식이 가능한 곳곳의 프로그램은 책을 쌓아놓을 필요를 잊도록 만들었다. 사람들은 너나 할 것 없이 책을 집 밖으로 내놓았다. 세상의 책들은 로봇 처리장으로 쏟아졌다. 남자에겐 책들을 소각하는 새로운 임무가 주어졌고, 밤낮없이 책을 불태웠다. 대신 남자의 통장 잔액이 늘어났다. 근무 외 수당으로. 남자는 책들을 소각하면서 오래된 책들을 빼내 집으로 가져갔다. 다른 사람들이 모두 없애는 서재를 남자는 그제야 채워나갔다. 그리고 책등을 검지와 중지, 약지 끝으로 천천히 쓰다듬는 버릇이 생겼다. 책등과 책등 사이의 골들이 이어지면서 만들어낸 울퉁불퉁한 느낌이 좋았다. 지금은 사라진 비포장 거리를 달리는 기분이 들기도 했다.

아가가 커갈수록 허궁의 배도 점점 더 동그래졌다. 그리고 가슴도 커졌다. 덩달아 허궁을 품고 싶다는 남자의 욕망도 커졌으나 남자는 대체로 잘 참고 있었다. 퇴근 후 남자는 잠든 허궁에게 다가가 배에 입을 맞췄다.

- 아가야, 잘 놀았어?

허궁의 배가 아주 잠깐 꿈틀거렸다. 남자는 허궁의 가슴이 미칠 정도로 궁금했다. 남자는 허궁의 윗옷을 조심스레 걷어올렸다. 유륜이 검게 부풀어 있었다. 남자는 허궁의 유두에 혀를 살짝 대다가 가슴을 빨았다. 순간 경고음이 울렸다. 허궁이 내는 소리였다.

- 저는 25주의 여아를 임신 중입니다. 저를 용도 이외의 목적으로 사용할 경우 처벌받을 수 있습니다.

남자는 깜짝 놀라 허궁에게서 떨어졌다.

비슷한 시기에 허궁no. 507들이 아기를 출산했다. 삼만 명의 아기 모두가 태어난 것은 아니다. 임신 중에 사산하거나 출산 중에 잘못되는 경우도 있었다. 세상은 태어난 아기에 관한 기사로 시끌벅적했다.

남자는 진통하는 허궁 곁에서 안절부절못했다. 허궁의 진통은 계산된 프로그램일 뿐 허궁이 직접 고통을 느끼는 것은 아니다. 허궁의 진통은 태아가 머리를 골반 사이로 돌려 출구를 찾도록 유도하기 위해 설계된 것이다. 출산 과정에서 이뤄지는 골반 마사지가 태아의 두뇌에 영향을 미친다는 연구결과에 기인한 것이었다.

하지만 매뉴얼과 달리 허궁은 진짜 진통하는 것처럼 보였다. 인조 피부 아래로 윤활유가 새는지 푸른 빛이 배어 나왔다. 가는 내부 연결선들이 부풀어 터지기도 했다. 남자는 연장통을 들고 허궁 옆으로 갔다. 허궁은 출산을 마칠 때까지 자신의 몸에 손을 대지 못하게 했다. 허궁은 3.5킬로그램의 건강한 여아를 출산했다. 하지만 허궁은 일어나지 못했다.

남자는 서둘러 자궁을 탈착했다. 터진 연결선들을 교체하고 윤활유를 새것으로 채웠다. 허궁이 부팅을 마치자 '아가' 하고 조그맣게 불렀다. 허궁은 아가에게 젖을 물리고 목욕을 시켰다. 현관에 금줄을 만들어 걸기도 했다. 허궁은 조금도 망설이지 않고 능숙하게 아가를 양육했다. 허궁은 메신저 같았다. 인간의 삶의 방식을 새로운 세대에게 전해주는 신의 대리인.

아가의 젖 냄새가 가득한 집은 남자에게 새로운 삶의 목표를 심어주었다. 처음 느껴보는 행복을 한 방울도 놓치지 않겠다는 듯이 남자가 코를 킁킁댔다. 남자의 얼굴은 냄새를 맡으면 맡을수록 긴장이 풀어지는지 편안해 보였다. 아가의 아버지가 된 남자는 이제야 비로소 진짜 남자가 된 것 같은 기분이 들었다. 그날 밤 남자는 아가 앞으로 에덴 프로그램 회사의 주식을 샀다. 아가의 성장 속도는 주식 그래프처럼 안정적으로 상승곡선을 그렸다.

*

남자의 작업장으로 폐기된 허궁no.507이 물밀듯이 들어온 것은 점심 식사를 마친 직후였다. 남자는 얼떨떨한 표정으로 공문을 확인했다. 프로그램 이상으로 허궁no.507을 전량 폐기한다는 것이었다. 유모 기능 상실이 이유였다. 남자는 그동안 그 어디에서도 허궁의 프로그램 오류에 관한 보고나 기사를 접하지 못했다. 부록으로 딸린 서류에는 허궁no. 507 작동 오류에 관한 사례로 가득했다. 아기에게 젖을 물리지 않아 사망에 이르게 한 사건, 아기를 창문 밖으로 던진 사건, 음식물 쓰레기통에 유기한 사건, 흉기로 아기를 살해해 시신을 훼손한 사건 등 끔찍한 아동 학대가 허궁no. 507에 의해 자행되고 있었다.

남자는 하던 일을 제치고 집으로 뛰어갔다. 남자의 손에는 드라이버가 쥐어져 있었다. 남자는 집 안의 방문을 모두 열었다. 아무도 없었다. 남자는 자리에 주저앉아 머리를 감쌌다. 세상이 한꺼번에 무너지는 것 같았다. 남자는 드라이버로 바닥을 찍으며 울부짖기 시작했다. 허궁이 아가를 벌써 어떻게 한 건 아닌지 두려웠다. 남자는 고개를 좌우로 거칠게 흔들었다. 상상할 수 없는 일이었다. 허궁이 이미 수거된 거라면. 그래도 아가가 위험한 상황인 건 마찬가지다. 아가는 어디로 사라진 걸까. 남자는 어디로 가야 하는지 가늠이 되지 않았다.

남자는 바닥을 짚은 손등을 드라이버로 찔러서라도 지금의 고통에서 벗어나고 싶었다. 남자가 드라이버를 쥔 손을 어깨 위로 높이 처들었을 때, 까르르 아가의 웃음소리가 들렸다. 남자는 고개를 들었다. 허궁과 아가가 산책을 마치고 돌아온 것이었다. 허궁은 남자의 눈물범벅인 얼굴을 보고 반사적으로 아가의 얼굴을 자기 쪽으로 돌렸다. 아가가 놀라는 걸 제일 먼저 걱정한 허궁이 그제야 남자에게 무슨 일이냐고 물었다. 남자가 자초지종을 설명하기도 전에 에덴 프로그램 회사 직원 두 명이 집 안으로 들이닥쳤다. 외부인을 인식한 홈케어 프로그램이 날카로운 경고음을 냈다.

허궁이 아가를 끌어안았다. 아가가 놀랐는지 큰 소리로 울며 버둥거렸다. 허궁은 아가를 꼭 끌어안고 달랬다. 에덴 직원들이 아가를 떼놓으려 하자 허궁은 거칠게 저항했다. 직원들이 허궁의 머리를 스패너로 내리쳤다. 허궁의 왼쪽 머리에서 붉은 피가 솟구쳤다. 피는 허궁의 왼쪽 눈꺼풀을 지나 바닥으로 떨어졌다. 찢어진 옷 사이로 젖가슴이, 들춰진 치마로 민둥한 음부가 드러났다. 남자는 짐승처럼 울부짖으며 눈물을 흘리는 허궁을 보았다. 직원들을 말리려고 했지만 역부족이었다. 직원 하나가 아가를 안은 허궁 목덜미에 강한 전류를 쏘았다. 다른 직원이 맥없이 쓰러진 허궁의 메인 전원을 차단했다.

남자는 아내를 잃은 것처럼 무너졌다. 아가의 울음소리가 집 안의 공기를 모두 찢어놓는 것 같았다. 남자는 에덴 직원에게 신원을 밝히고 허궁과의 시간 5분을 부탁했다. 남자는 무릎을 꿇은 채 힘없이 누워있는 허궁 곁으로 다가갔다. 남자는 드라이버를 세게 쥐었다. 허궁의 왼쪽 가슴에 돋을새김된 허궁no. 507 옆에 '아가 엄마'라고 새겼다. 직원들은 허궁을 짐짝처럼 들고 사라졌다.

허궁이 사라진 집은 어두운 동굴 같았다. 아가는 엄마를 찾으며 울었다. 젖병에 탄 분유는 입에 대지도 않았다. 저러다 아가가 잘못되는 건 아닌지 남자는 두려웠다. 아가는 울다가 쉬다가 울다가 쉬길 반복하더니 제풀에 지쳐 쓰러져 잠들었다. 잠든 와중에도 서러운지 어깨를 들썩였다. 남자는 어린 아가를 어떻게 키워야 할지 막막했다.

남자는 세상이 어떻게 돌아가는지 답답했다. 뉴스를 틀자 흥분한 앵커가 목소리를 높이며 기사를 전했다. 뉴스는 허궁 no. 507의 오류를 집중적으로 다루고 있었다. 화면 가득 허궁 no. 507의 학대와 폭력에 노출된 아기들 사진으로 도배됐다. 기자는 허궁no. 507의 폭력 양상을 분류하고 피해 아동의 수를 표로 만들어 설명했다. 허궁no. 507의 결함을 미리 발견한 에덴 프로그램이 자체적으로 사실을 은폐하려 한 정황도 보도되었다.

컴퓨터 프로그래밍 전문가가 나와 허궁no. 507의 결함은 애초에 불가능한 것에 대한 도전에 기인한다고 비판의 목소리를 높였다. 인류가 긴 역사를 통해 학습한 내용과 정서의 변화를 겪으면서 최종적으로 선택한 가치관이나 인간 윤리를 프로그래밍한다는 것은 불가능의 영역이었다. 자신을 여성학자라 밝힌 남성이 나오자 남자는 입술 끝을 올리며 피식 힘 빠진 소리를 냈다. 여성학자는 어머니라면 느낄 만한 정서적 데이터를 추출하면서 산후우울증을 염두에 두지 않은 것을 꼬집었다. 산후우울증 데이터를 삭제했더라면 이런 일은 벌어지지 않을 것이라고 단언했다. 사소한 실수가 아까운 냉동 배아 삼만 개를 쓸모없게 만들었다며 홍분하기까지 했다.

뉴스는 화면을 바꿔 남겨진 아기와 남성에 초점을 맞추고 대안을 모색할 것을 주문했다. 수거된 삼만 개의 허궁들은 각지의 로봇 처리장으로 수거돼 폐기될 것이라는 기사와 허궁 no.507에게 목숨을 잃은 아기들을 위한 영결식 준비에 관한 기사도 짤막하게 다뤄졌다.

*

그로부터 16년이 지났다. 여자는 여느 때처럼 남자를 위해 차를 준비하고 있었다. 여자는 몸이 무거운지 찻잔을 꺼내고, 물을 따르는 사이사이 허리에 손을 받치고 길게 숨을 내쉬었다. 여자는 임신 8개월로 접어들었다. 홈케어 자동화 시스템이 완벽하게 구현된 집에서 사람 손으로 직접 물을 끓이고, 찻

물을 내리는 건 미련한 짓이었다. 한 번의 설정만으로 원하는 시간에, 원하는 장소에서, 원하는 온도와 농도의 차를 마실 수 있기 때문이다. 하지만 남자의 특별한 주문에 여자는 순순히 대답했다. 남자는 침대 위에서 마지막 힘을 모두 쏟고는 여자 위로 무너졌다. 그리고 여자의 귀에 대고 속삭였다. 매일 아침을 사랑하는 아내가 내오는 홍차로 맞이하고 싶다고.

여자는 그것이 남자가 말하는 고전적 사랑이라고 짐작했다. 여자는 알몸인 채로 부엌으로 향했고, 싱크대 깊숙한 곳에서 전기 포트를 찾아냈다. 여자는 포트에 물을 받았다. 남자는 흐뭇한 표정으로 홈케어 자동화 시스템을 수동으로 바꿨다. 그날부터 여자의 의례는 하루도 빠지지 않고 치러졌다. 사랑의 이름으로. 감기몸살로 열이 나도, 입덧으로 물 한 모금 입에 댈 수 없어도 여자는 남자에게 왜 홈케어 자동화 시스템을 자동으로 돌려놓지 않느냐고, 왜 모닝 차 서비스를 설정하지 않느냐고 묻지 않았다.

남자는 여자가 아기를 가졌다는 사실에 반신반의했다. 여자는 여성이지만, 아이를 가질 수 있을지는 미지수였다. 무엇보다 인간이 출산하는 장면을 한 번도 보지 못한 여자가 무사히 출산할 수 있을지도 의문이었다. 닥터 콜 프로그램을 통해 출산 과정에 대한 시뮬레이션으로 학습은 하고 있었지만, 이는 연애를 글로 배웠다는 것과 다를 바가 없었다.

　로봇의 자궁에서 태어난 냉동 배아의 가임 능력과 육아 능력은 당시에도 큰 이슈였다. 불완전한 허궁no. 507로 인해 살아남은 아이는 얼마 되지 않았다. 게다가 다시 한번 세상을 강타한 전염병은 남녀노소 가리지 않고, 목숨을 빼앗았다. 지금 세상에 남은 인류가 몇이나 되는지 헤아리는 것조차 부질없는 일이 되어버렸다.

　그럼에도 세상은 잘 돌아갔다. 사람들이 있든 말든. 세계를 움직이는 프로그램은 처음부터 인간 존재의 중요성은 염두에 두고 있지 않은 것 같았다. 프로그램은 교체되었고, 세상은 새로운 거대 시스템에 의해 재가동되었다. 혼란은 쉽게 정리되었다. 이번에 채택된 프로그램은 세상을 오류 없이 작동시키는 것을 최우선 가치로 뒀다. 그것만이 전부였다. 여전히 청결과 안정을 추구하면서. 사람들이 사라져도 길거리는 티끌 하나 없이 깨끗했다. 후미진 뒷골목도, 아무렇게 자라나는 나무와 풀도 없었다. 그리고 국경도, 이데올로기도 사라졌다.

　남자가 인류의 마지막을 상상하며 할 수 있는 거라곤 예나 지금이나 쓸모없어진 책의 먼지를 털어내고 책장에 꽂힌 책등을 따라 손끝으로 쓰다듬는 것뿐이었다. 남자는 많은 시간을 서재에서 보냈다. 남자는 손가락 끝으로 플라톤을 지나 아우

구스티누스, 데카르트와 마르크스와 프로이트, 비트겐슈타인, 푸코, 들뢰즈, 데리다, 슬라보예 지젝의 책등을 횡단하며 하루를 보냈다. 남자는 릴케의 '오르페우스에게 바치는 소네트'에서 작게 흔들렸다.

여자는 배가 불러올수록 출산의 두려움에 대해 남자에게 토로했다. 남자는 딱히 해줄 말을 찾지 못했다. 그저 닥터 콜 시스템이 있으니 염려 말라고 여자의 어깨를 토닥거리는 게 전부였다. 그리고 여자의 배를 향해 시를 읽어주거나 모차르트를 틀어주었다. 여자는 남자에게 엄마가 자신을 낳을 때의 이야기를 해달라고 자주 졸랐다. 남자는 허궁의 출산기를 기쁘게 혹은 슬프게 얘기했다.

*

여느 아침처럼 여자는 남자를 위해 부엌에서 차를 우리고 있었다. 남자는 여자가 차를 내오길 기다리며 식탁에 앉아 제본이 헐거워진 책을 수선 중이었다.

그녀가 대문 앞에 서자 그녀의 프로그램과 홈케어 프로그램이 서로 호환하더니 프로그램이 초기화되었다. 그리고 현관문이 스르륵 열렸다. 그녀는 16년 전처럼 자연스럽게 집 안으로 들어갔다. 둘은 뜻밖의 방문에 숨이 턱, 하게 막혔다. 그녀다. 그녀가 돌아왔다. 피부며 온몸이 상처투성이지만 그녀가 확실했다. 그녀의 왼쪽 가슴 위로 허궁no.507 아가 엄마란 글자가 유행 지난 브랜드 이름처럼 반쯤 지워져 있었다.

여자는 허궁을 보자 엄마가 돌아온 것을 알아차렸다. 자라면서 하루에도 수십 번 본 엄마 얼굴이다. 여자는 북받치는 감정이 낯선 나머지 어떻게 행동해야 할지 갈팡질팡했다. 하지만 허궁은 여자를, 아가를 알아보지 못했다. 허궁의 기억에는 집을 떠날 때 마지막으로 본 아가만이 이미지로 남아있을 뿐이었다. 허궁은 남자에게 아가가 어디에 있냐며 집요하게 물었다. 남자는 폐기된 허궁no.507이 어떻게 집에 오게 되었는지 생각하느라 머리가 복잡했다. 그녀는 안전한 존재일까, 남자는 두려웠다.

여자는 출산일이 코앞으로 다가오자 엄마가 돌아왔다는 사실만으로 안심이 되었다. 허궁은 여전히 아가를 알아보지 못했다. 아가의 이유식을 만든다며 하얀 쌀가루를 머리에 뒤집어쓴 채 부엌에 우두커니 서 있거나 쇠고기 죽이 담긴 냄비가 레인지 위에서 들썩여도 멍하니, 아가 사진을 들여다보는 경우가 많았다. 허궁은 하루에도 수십 번 아가가 어디에 있는지 물었다. 가끔은 등을 보인 채 어깨를 들썩이기도 했다.

- 혹시 우리 아가 보셨어요?

그녀가 여자를 붙들고 아가를 찾았다.

- 엄마, 제가 엄마 아가잖아요.

- 아니에요. 전 아가 엄마랍니다. 당신 엄마가 아니에요. 우리 아가가 배고프다고 울어요. 아가에게 젖을 물려야 하는데. 우리 아가 못 보셨어요?

허궁은 아가의 울음소리가 들리는 듯 괴로운 표정을 지었다. 불은 가슴에서 젖이 새어 나오는지 허궁의 가슴 부근이 검게 젖어갔다. 여자는 엄마가 자신을 알아보지 못하는 게 슬프면서도 기뻤다. 자신을 찾아 16년을 돌고 돌아 찾아온 엄마. 여자는 남자에게 허궁을 구할 방법이 없는지 물었다. 여자는 엄마가 질병 목록에서 본 치매가 아닐까 의심했다.

남자는 허궁을 여자의 출산을 돕는 로봇으로 개조 가능한지, 가능하다면 어떤 작업을 선행해야 하는지 알아보려고 에덴의 자회사에 접속했다. 허궁을 산파 로봇으로 바꾸는 것은 의외로 간단했다. 허궁no.507은 만들어질 때부터 어미로서 딸의 출산을 가르치고 돕는 것까지 프로그래밍된 로봇이었다. 문제라면 여자를 자신의 딸로 인식하지 못한다는 것. 남자는 여자가 지금껏 살아온 자료를 모아 표준추출 프로그램에 업로드했다. 여자의 데이터를 허궁의 기억장치에 이식했다. 허궁은 재부팅하느라 오랜 시간 일어나지 못했다.

여자가 남자의 식사를 준비하고 있을 때였다. 언제 깨어났는지 허궁이 여자 옆에 서 있었다.

- 아가.

허궁이 여자를 불렀다. 여자는 자신을 부르는 엄마의 목소리에 가느다랗게 떨었다. 허궁이 여자를 안고 머리를 계속해서 쓰다듬더니 안고 있던 여자를 몸에서 떼어내 얼굴을 만지다가 다시 꼭 끌어안았다. 그리고 하염없이 울기 시작했다. 여자 역시 허궁을 두 팔로 안으며 엉엉 울었다. 엄마, 엄마, 아가야, 아가. 둘의 소리가 마구 섞여 집 안을 떠도는 것 같았다. 마치 아가를 뺏긴 마지막 날처럼. 엄마를 떠나보낸 마지막 날처럼. 허궁은 여자를 소파에 눕힌 채 모차르트를 듣게 했다. 그리고 배고픈 딸아이를 위해 부드러운 식사를 준비했다.

식사를 마치자 허궁은 여자의 몸을 스캔했다. 부족한 영양소와 질병 유무를 체크하면서 유전자 검사도 했다. 허궁은 퉁퉁 부은 여자의 발을 주무르면서 아기가 유전적 결함을 갖고 있다고 설명했다. 아기를 낙태하는 게 옳다고도 했다. 여자는 건조한 엄마의 목소리가 갑자기 무서웠다. 자세를 고쳐 앉으며 퉁퉁 신호를 보내는 아기와 교감하듯 배를 쓰다듬었다. 아기가 엄마의 무시무시한 얘길 듣지 않았길 바랐다. 닥터 콜에 의하면 아기는 주 수에 맞게 건강하게 자라고 있었다. 여자는 엄마가 옛날 버전의 로봇이라 업그레이드가 안 된 탓이라 생각하다가 흠칫 놀랐다. 여자는 한 번도 엄마를 로봇이라 생각한 적이 없었다. 엄마는 엄마다. 그냥 엄마인 거다. 여자는 낙태를 고집하는 허궁을 보면서 엄마가 아파서 그런 거라고, 처음 자신을 알아보지 못했던 것처럼 아파서 그런 거라고 생각했다. 엄마에게 치매가 온 거라고.

  ─ 그 애는 세상에 태어나선 안 되는 씨앗이야.

  허궁의 목소리가 높아지자 여자는 엄마를 마주할 수 없었다. 여자는 남자가 있는 서재로 달려갔다. 서재에서 졸고 있던 남자가 깜짝 놀라 자리에서 일어났다. 그 바람에 책상 끝에 걸쳐 있던 책이 바닥으로 떨어지며 먼지를 일으켰다. 여자가 남자의 뒤에 숨었다.

  ─ 엄마가 이상해요. 우리 아기를 죽이려고 해요.

  남자는 허궁이 허궁no. 507의 결함에서 예외가 아니라고 생각했다. 그리고 결함의 원인이 산후우울증이 아니라고 확신했다. 남자는 허궁no. 507의 귀환을 보고하지 않은 것이 후회됐다. 여자에게 엄마와의 재회가 어떤 의미인지 알기 때문에, 여자의 출산을 도와줄 이가 당장 필요하다는 이유로 남자는 신고를 미루고 있었다. 허궁의 귀환이 여자에게 생기를 불어넣은 것은 확실했다. 마치 꽃이 피어나는 듯 여자가 활짝 피어나는 것 같았다. 남자는 그것을 바라보는 게 좋았다. 엄마의 등에 업혀 졸던 어린 시절의 자신이 겹쳐 보이기도 했다. 여자를 쫓아 달려온 허궁의 눈에는 한 번도 보지 못했던 절망과 원망, 안타까움이 가득했다. 허궁은 남자를 향해 분노를 쏟아냈다. 허궁은 이미 세상의 끝에 서 있는 것처럼 아슬아슬하게 서 있었다.

　- 어떻게 아비가 되고서…, 어떻게…, 어떻게 딸에게 임신을 시킬 수 있지?

　허궁은 심한 버퍼링에 걸린 것처럼 말을 제대로 잇지 못했다. 부녀관계가 부부관계로 바뀐 사실을 받아들이기 힘든 허궁은 남자와 아가를 번갈아 보았다. 그리고 둘 사이에 잉태된 아기는 세상에 태어나면 안 된다고 확신했다. 어떻게 딸을 아내로 받아들일 수 있나. 어떻게 아버지를 남편으로 받아들일 수 있나. 이런 비윤리는 세상을 위험에 빠트리는 것이었다. 여자는 이런 상황이 이해되지 않았다. 어렴풋이 자신이 큰 잘못을 한 것 같다고 짐작할 뿐이었다. 여자가 남자의 등을 올려다보았다. 희끗희끗 흰머리가 남자의 머리 절반을 채우고 있었다.

　- 나는 아가의 보호자였지 아버지는 아니었소. 당신이 아

가의 엄마지만 제 아내가 아닌 것처럼.

- 그걸 변명이라고 해요? 당신은 미래 인류의 아버지로 선택되었잖아요.

남자의 궁색한 변명은 허궁의 화를 돋우기만 했다. 남자는 허궁의 손에 식칼이 쥐어져 있는 것을 보고 깜짝 놀라 뒤로 두 발짝 물러났다. 그러는 바람에 여자의 발에 걸려 하마터면 넘어질 뻔했다. 허궁은 서재에 꽂힌 책들을 마음대로 빼내 던지고 쓰러트리고 밟고 찢었다. 어둠 속에 등을 구부리고 앉아있던 먼지들이 일제히 일어나 폴폴 날기 시작했다. 여자가 콜록콜록 발작적으로 기침을 했다. 예리한 칼날이 책장을 스칠 때마다 허궁은 짐승처럼 울부짖었다. 종이에 베였는지, 칼에 스쳤는지 허궁의 팔목에서 빨간 피가 흘렀다.

- 어떻게 내 딸을 당신이 짓밟을 수 있어?

허궁은 한 번도 내본 적 없는 짐승의 목소리로 남자에게 따져 물었다. 여자는 남자가 자신의 몸 위로 올라온 날을 떠올렸다. 여자는 무섭고 떨렸지만, 그것이 순리라 여겼다. 여자 주위에 사람이라곤 남자뿐이었다. 자기보다 오래 세상을 산 남자의 말은 곧 진리였다. 경험만큼 사람의 마음을 든든하게 만드는 것은 없었다. 아무리 정교한 프로그램이 세상에 대해 말해도 무언가 빈 것 같은 느낌을 지울 수 없었다. 여자는 남자의 옛날이야기나 경험담에서 부족한 부분이 메꿔지는 것 같은 느낌을 받았다. 여자는 남자를 받아들이기로 했다. 그걸 의심하는 것이 죄악처럼 여겨졌다.

  - 인류가 사라진다는데 그놈의 윤리가 무슨 소용이란 말이오.

남자가 그동안 느꼈던 고독과 외로움, 두려움을 한꺼번에 쏟아내듯 울부짖었다.

  - 난 아버지이기 전에 남자고, 사람이오.

허궁은 남자의 말에서 더 이상의 희망을 찾을 수 없었다. 아가를 지키기 위해 큰 결심이라도 한 듯 천천히 몸을 일으켜 세웠다. 그리고 남자를 마주했다. 한 발짝 한 발짝 남자 앞으로 다가서더니 칼을 쥔 오른손을 높이 치켜들었다.

  - 아버지의, 아, 이를, 어떻게, 낳아요?

남자는 두 눈을 감았다. 남자의 등 뒤에 숨어 있던 여자가 허궁을 향해 달려들었다.

  - 엄마, 그러지 마.

여자는 목덜미에 칼이 박힌 채 무너졌다. 허궁이 여자를 끌어안았다. 허궁이 칼을 뽑고 여자의 목을 눌렀다. 여자의 하얀 목덜미에서 붉은 피가 솟구치더니 허궁의 무릎으로 검붉은 그림을 그렸다. 여자의 배가 심하게 요동치다가 곧 잠잠해졌다.

먼지로 인한 오작동인지, 바이러스에 감염된 것인지 허궁의 눈꺼풀이 심하게 떨렸다. 남자는 허궁을 밀치고 여자를 끌어안았다. 어떤 소리도 입 밖으로 나오지 않았다. 남자는 꺼이꺼이 상반신을 경련하듯 떨며 소리 없는 울음을 울었다.

허궁을 수거하러 온 두 대의 로봇이 서재 입구로 들어왔다. 얼굴 부분에 직사각의 모니터가 달린 모델이었다. 파란색 글씨가 오른쪽에서 왼쪽으로 이동하며 같은 문장을 반복했다.

'유토피아는 오류 없는 안정된 세상을 추구합니다.'

발문

불온한 성장통

- 조미경 소설집 『귀가 없다』

양혜영(소설가)

불온한 성장통

- 조미경 소설집 『귀가 없다』

양혜영(소설가)

　　　　　　　　　　11월이 돌아오면 듣는 노래가
있다. 낙엽 지고 스산한 바람 끝에 서리가 맺히면 습관처럼 아
그네스 발차의 '기차는 8시에 떠나가네'를 듣는다. 그녀의 노
래를 처음 들은 건 겨울 산을 넘어가는 기차 안에서였다. 일정
이 맞지 않아 야간열차를 타고 강원도로 가는 중이었다. 창밖
으로 함박눈이 내리고, 텅 빈 간이역마다 기차는 멈췄다 떠나
기를 반복했다. 온 세상이 하얀 백지로 변했다. 몸은 기차 안
에 있는데, 마음은 쌓인 눈 위에 뚜벅뚜벅 발자국을 찍었다.
계속 내리는 눈 때문에 조그만 발자국 따위는 금세 사라져버
릴 것을 알면서도 나는 자꾸만 검은 발자국을 찍어댔다. 그때
문득 소설을 쓰고 싶다는 생각이 들었다. 하얀 백지에 곧 사라

질 발자국이 될지어도 꾹꾹 눌러 남기고 싶다는 바람이 막연히 솟았다.

첫 소설을 발표하기 얼마 전, 그녀를 만났다. 첫눈이 내리는 날이었다. 추위로 곱은 손을 비비며 제주문학 신인상 시상식이 열리는 행사장 안으로 들어가자, 환한 조명이 비치는 무대 위에 그녀가 서 있었다. 곱게 빗은 단발머리에 밤색털이 무성한 코트를 입은 그녀는 누군가 건네는 꽃다발을 받고 환하게 웃었다.

"안녕하세요, 조미경입니다. 저를 아줌마로 보는 분들이 많으신데, 저는 아직 결혼을 하지 않은 아가씨입니다."

그녀의 첫마디에 고요했던 좌중이 떠들썩해지며 파문처럼 웃음이 번졌다. 그때까지 시상식장의 엄숙한 분위기에 굳어 있던 얼굴이 풀리면서 나도 모르게 웃음이 새어 나왔다. 나는 그녀가 소감을 마치고 연단을 내려온 뒤에도 한참 동안 뒷모습을 바라보았다. 왠지 곧 다시 만나 아주 오래 보게 될 것 같은 예감이 들어 시선을 거둘 수가 없었다.

이듬해 조미경 소설가가 제주작가회의 신인상을 받으면서 우리는 제주작가회의 소설분과 회원이 되었다. 당시 조미경 소설가는 열 명이 채 되지 않는 소설분과 회원 중 유일하게 서른을 넘지 않은 작가였다. 몇 년이 흘러 제주작가회의에서 만낮을 때, 예전 겨울에 들은 당선소감을 이야기했다. 매우 독특한 당선소감이었다는 말을 전하자, 그녀는 "이젠 정말 아줌마가 됐어요. 그땐 너무 어려서 당돌했죠."라고 말하며 웃었다.

사과 속살처럼 희고 환한 그녀의 웃음을 보는데, "이젠 아줌마가 됐어요."라는 말이 내게는 "이젠 소설가가 됐어요."라고 들렸다. 그 순간이 내게는 무척 행운이었다. 소설가의 첫 모습을 본다는 것, 누군가의 처음을 안다는 것은 그 사람의 긴 성장을 함께하게 되는 것이니까.

그녀의 첫 소설, 똥돼지

처음이란 단어는 풋사과처럼 청량하고 상큼한 향을 갖고 있다. 첫 향기는 평생 간직될 정도로 강렬하고, 첫 느낌은 다시 만날 때마다 상기될 정도로 또렷하기 마련이다. 그런 의미에서 보면 내가 읽은 조미경의 첫 소설 「똥돼지」는 그중 어디에도 해당되지 않아 당혹스러웠다. 「똥돼지」에서는 풋사과의 향기가 아니라 다시는 맡고 싶지 않은 분뇨 냄새가 가득했다.

제주에는 통시라 불리는 재래식 화장실이 있었다. 통시의 뚫린 바닥은 바로 옆 돼지우리와 이어져 화장실에 갈 때마다 엉덩이를 향해 주둥이를 들이미는 돼지와 힘겨운 싸움을 벌여야 했다. 아이들에겐 전등이 없어 어둡고 바닥에서 돼지가 꽥꽥거리는 통시가 쾌변보다는 도망치고 싶은 공포의 장소였다. 그러나 안 가려고 울며 뒹굴어도 날아오는 건 등짝을 후려치는 손바닥밖에 없었다. 그렇게 여러 해를 떨며 보내다 통시가 더 이상 두렵지 않아지면, 아이들은 어른이 되었다.

조미경의 첫 소설 「똥돼지」는 통시를 벗어나고 싶어 하는 소녀의 성장소설이다. 빨리 어른이 되고 싶어 초경을 기다리는 소녀는 반짝이는 타일이 깔린 실내화장실을 원하지만, 소녀에게 주어진 것은 돼지가 사는 통시와 비디오 가게의 뒷방뿐이었다. 그 어둡고 불온한 곳에서 소녀는 이른 성경험을 하고 만다. 짝사랑하던 오빠가 사랑이라며 생살을 찢고, 이웃의 노총각이 밤마다 손을 뻗어 소녀를 더듬었다. 소녀는 매우 혼란스럽지만, 어른이 되기 위한 과정이라 위안하며 빨리 어른이 되기만을 기다렸다.

오늘은 8월 15일 광복절 아닌가. 일본의 압정에서 벗어나 대한민국 정부를 수립한 것보다 더 큰 기쁨. 내가 드디어 엄마가 될 수 있게 된 날. 실은 진숙이, 광희, 은지한테도 다 왔는데 왜 나에게만 오지 않는지 불안해하며 기다렸던 참이다. …이토록 기쁜 날 어쩔 줄 몰라 당혹스러워 하거나 오해하지 않고 정확하게 내 몸의 변화를 알고 받아들일 수 있다는 게 행복하다. 서랍에서 엄마의 후리덤을 꺼낸다. 곱게 접힌 후리덤을 펴서 코를 대고 아주 깊게 숨을 들이쉰다. 그리고 짧게 입술도 맞춘다. 특유의 냄새가 나는 후리덤을 요리조리 보다가 태어나자마자 어미젖을 찾아 무는 새끼처럼 아주 능숙하게 팬티에 붙이고 옷을 입는다.

드디어 소녀의 월경이 시작되고, 괴롭히던 돼지는 죽어 잔칫상에 올라 통시에 평화가 찾아왔다. 하지만 사랑한다던 오빠는 다른 여자애를 쫓아다니느라 나타나지 않고, 연민을 일으키던 노총각의 손은 더 이상 문고리를 두드리지 않았다. 소녀가 기다리던 여자의 첫날은 텅 빈 통시처럼 아무 일도 일어나지 않았다. 여자가 된 소녀는 더 이상 사랑으로 조정하려는 사람과는 상종하지 않겠다고 결심했다.

유년에 갇힌 작은 아이들

「한글 공부」의 주인공 소녀는 동네 상점을 죄다 꿰면서도 간판에 박힌 글자는 하나도 읽지 못했다. 초등학교에 들어가기 위해 정희 언니에게 한글을 배우러 다니지만, 정희 언니는 글자를 가르치지 않고 자음과 모음만 가르쳤다. 소녀는 정희 언니가 시킨 대로 기역 니은을 따라 쓰다 디귿을 보는 순간 웃음보가 터지고 말았다.

"선생님, 질문 있습니다. 디귿이 세 개 모이면 무슨 글자가 되나요?"
정희 언니는 세상에 그런 글자는 없다고 단호하게 쏘아붙였다. 나는 세로로 디귿을 연달아 쓰며 엄마를 떠올렸다. 디귿이 자꾸 모이면 우리 엄마가 된다고.

소녀의 엄마는 네 번째 딸을 낳았다. 아들만 원하는 시모와 남편 때문에 아들 낳은 집 속옷을 훔치는 것은 물론, 성이 바뀌는 약을 먹었는데도 엄마는 아들을 낳지 못했다. 네 번째까지 딸을 낳은 엄마에게 돌아온 것은 남편의 폭력과 외도였다.

바닥의 유리를 치우다 아기를 내려다본다. 얼굴 가득 눈물 콧물 범벅이다. 아기가 가엾다는 생각이 파도처럼 밀려온다. 아기가 딸로 태어나고 싶어서 그런 것도 아닌데 솔직히 아기가 불쌍하다. 아기에게서 나는 젖 냄새, 아기와 뽀뽀할 때마다 바람처럼 스치는 가볍고 신비한 느낌. 아빠는 이런 아기를 두고 왜 행복하지 않을까. 어쩌면 모든 불행은 아기가 몰고 오는 것일지도 모른다. 그것을 아빠가 알아차린 걸까. 정희 언니도 똥 쌀 때 아기가 나오지 않았더라면 아기를 변소에 빠트리는 일은 없었을 것이다. 그러면 경찰에 끌려가는 일도 없었을 거고.

엄마도 넷째를 낳지 않았더라면 아들 낳는 희망에 빠져 지냈을지 모른다. 태어나는 순간 어른들을 아프게 한 아기들은 얼마나 속상하고 억울할까.

소녀는 매 맞는 엄마와 사랑받지 못하는 아기를 구하기 위해 아들이 열리는 나리폰을 찾아 태국으로 향했다. 그간 정희 언니에게 배운 한글 지식을 총동원해 지도를 읽으며 성장의 첫발을 내딛었다.

조미경의 소설에서 '한글'은 성장의 관문으로 연결된다. 말과 글은 다르다. 학습되지 않으면 같은 단어를 말은 하는데 읽지 못하고 쓰지 못한다. 사람도 때때로 시간의 흐름에 따라 몸은 성장하는데, 머리와 가슴이 어린 시절에 머무는 경우가 있다. 마음의 상처를 제때 치료하지 못했을 때 더 그렇다. 조미경 소설의 주인공들이 제대로 성장하지 못한 이유도 그 때문이다. 그들은 남들보다 아팠음에도 아프다 말을 못 하고 주변의 아픔을 듣기만 해야 했다.

불완전한 성장기에 멈춘 어른들

「귀가 없다」의 주인공은 심한 이명을 앓았다. 주인공의 문해수업을 받는 K는 1학년인데도 공룡 외에 다른 한글을 읽지 못했다. 대신 K는 수업 내내 기승전결이 없는 이야기들과 엄청난 양의 욕설들로 몸과 입을 쉬지 않았고, 실내 습도가 높은 날이면 발작처럼 단음절의 괴성을 질렀다. 이명을 심하게 앓는 주인공은 평소 불면에 시달리고 난청으로 고통스러웠는데, 아이러니하게도 K가 있는 수업시간에 이명으로부터 가장 자유로웠다. 주인공과 K에게는 엄마의 부재라는 공통된 가정사가 있었고, 주인공이 앓는 이명의 원인도 엄마 때문이었다.

엄마는 '네 아빠 때문에'로 시작하는 무수한 문장들을 쏟아냈다. 이모까지 가세해 아빠에게 저주를 퍼부었다. 엄마의 말은 귀를 통해 들어오지 않고 갈비뼈 사이를 비집고 들어왔다. 가슴이 날카로운 부리에 콕콕 쪼이는 것 같았다. 나를 비난하는 게 아니란 걸 분명히 아는데도 얼굴이 달아올랐다. 엄마는 감정이 극에 달할 때마다 얼굴이 일그러졌다. 엄마가 감춰뒀던 또 다른 얼굴이 삐져나온 것 같았다. 섬뜩했다.

갑자기 찌르르르 찌르르르 소리가 들렸다. 이명이다.

주인공은 그런 공통사 때문에 K를 돌보고 싶었다. K가 아무리 산만하고 수업에 집중 못 해도 둘에겐 쓰라린 부모라는 공통분모가 있어서 서로 통할 거라 자신했다. 하지만 K는 수업 중 다시 발작을 했고, 주인공은 끝내 K를 포기하고 사직서를 제출했다.

나는 K에게 공룡과 고질라 이외의 다른 글자를 가르치지 못했다. 나는 그를 포기해야 했다.

하얗게 부서지는 파도 앞에 섰다. 눈을 감았다. 촤르르르, 착. 촤르르 착. 파도는 쉬지 않고 바위에 부딪쳤다. 부서진 파도는 돌 속을 돌아 어디론가 빠져나갔다. 다시 몰려온 파도는 바위에 부딪쳐 소리를 냈다. 촤르르르 착. 한참 후에야 그것이 바다의 말이란 걸 알게 되었다. 그냥 저절로. 바다의 말은 푸르렀다. 하지만 난 그의 말을 알아들을 수 없었다. 따라 할 수도 없었다. 이국의 언어처럼 아득하게 들렸다가 사라졌다. 귀가 있어도 알아듣지 못하고 입이 있어도 말하지 못했다. 나는 한참 동안 바다가 내는 의미 모를 말을 들었다. 이명처럼 들리는 소리.

달팽이는 귀가 없어요. K의 말이 떠올랐다.

소설 「동거」의 주인공은 어른이 되어서도 유년의 고통에서 벗어나지 못했다. 잦은 아버지의 외도로 버림받은 엄마는 불행한 삶의 이유를 자식에게 돌렸고, 주인공은 성장하는 내내 엄마의 끝없는 한탄 때문에 힘든 삶을 보냈다. 가장 가까워야 할 가족이 주는 상처는 매일 소독을 하고 약을 뿌려도 사라지지 않는 해충 같이 주인공을 괴롭혔다. 그에게 가장 두렵고 큰 해충은 끝없는 한탄에 덧붙여 외상성 치매까지 앓는 엄마였다. 엄마는 심지어 자신의 새 남자친구에게 아버지라고 부르기를 강요했다. 그의 고통을 외면하고 가족이란 굴레로 옭아매려 했다. 엄마의 새 남자친구가 엄마의 통장을 훔쳐 달아나버린 날, 주인공은 엄마의 밥통과 집에 화석처럼 붙어사는 해충을 박멸하기 위해 살충제를 앞이 보이지 않을 정도로 뿌리기 시작했다.

바퀴벌레가 낸 길을 찾아 발을 옮길 때마다 주사기 안 살충제가 조금씩 줄어든다. 끈끈하게 달라붙은 장판을 들어내고 살충제를 주사한다. 훅하고 올라오는 시멘트 바닥 냄새가 유년의 낡은 나무 찬장에서 나는 냄새와 닮았다. 약을 먹은 바퀴벌레들은 자신의 집으로 돌아가 약을 게워낼 것이다. 그러면 가족들이 그 먹이를 사이에 두고 도란도란 나눠 먹을 테고 서로의 더듬이를 포개고 함께 죽음을 맞는 의식을 치를 것이다. 그렇다고 바퀴벌레가 완전히 사라지는 것은 아니다. 채

1년도 못 가 바퀴벌레는 긴 더듬이를 건들거리며 장판 위를 활보할 것이다. 나는 개미집을 부수듯 바퀴벌레 집을 부수리라 주먹을 세게 쥔다. 그들의 안식처를 찾아내서 자근자근 밟아 줄 것이다. 알주머니 하나 남김없이 불로 태워 그 족을 멸할 것이다.

다용도실에서 망치를 발견한 눈에 힘이 들어간다. 힘껏 쿠쿠를 내리친다. 빨간 파편들이 사방으로 흩어진다. 싱크대 문짝을 걷어차고 바퀴가 숨어 있을 만한 습하고 어두운 곳을 찾아 사정없이 망치질을 한다. 어머니의 세간들을 모조리 끄집어내서 짓밟는다. 파편 하나가 발등을 스친다. 아무렇게나 휘두른 팔에 다용도실 문이 떨어져 나가고 장롱에도 커다란 구멍이 생긴다. 놀란 바퀴벌레들이 사방에서 기어 나온다. 가방에서 분사기를 꺼낸다. 바퀴벌레들을 향해 살충제를 분사한다. 약이 바닥을 드러낼 즈음 어디선가 흘러나온 페로몬이 뿌연 안개처럼 다리 주변을 에워싼다. 아랫도리에 힘이 들어간다. 몽롱한 기분에 자꾸 눈이 감긴다.

완벽한 성장을 강요하는 어른들

성장통에서 벗어나지 못한 어른들이 반쪽짜리 세계에서 여전히 고통받고 있다면, 「우리 집에 왜 왔니」의 엄마들은 자식들에게 완벽한 성장을 강요했다. 교육열이 높은 이주민들이 폐교 위기에 놓인 농촌 마을에서 학교 살리기 운동으로 지은 빌라에 들어오면서 평화로웠던 마을이 시끄러워졌다. 국제학교에 다니는 아이를 둔 학부모와 방학마다 캐나다로 연수를 보내는 과외 선생이 마을 학부모회를 주도하면서 토착민과 이주민 사이에 갈등이 생겼다.

아이를 잘 키우려는 부모의 욕심은 자신의 아이가 완벽한 어른으로 성장하기를 바라는 마음에서 비롯된다. 자신의 유년 시절은 완벽하지 못했을지언정 자신의 아이만은 안전하고 좋은 환경에서 아픔 없이 성장하길 바라는 부모의 마음은 모두가 비슷하다. 하지만 완벽한 성장의 기준은 사람마다 다를 수밖에 없고, 완벽한 성장에 이르려는 인간의 욕심은 끝이 없다.

조미경의 소설 「그녀, 허궁」을 보면 인간의 생명이 잉태되는 수정단계부터 완벽한 아이를 만들려는 인간의 욕심이 등장한다. 몇 차례의 팬데믹으로 불임여성이 늘어나자 정부는 임신 유지 로봇 '허궁'을 만들었다. '허궁'은 배아로 임신을 한 뒤, 로봇의 자궁 안에서 열 달 동안 아기를 보호하고, 출산 후에는 보모의 역할까지 수행했다. 하지만 갑자기 완벽하다던 허궁 프로그램에 치명적인 오류가 발생해 모든 허궁이 폐기되고 남자들과 아기만이 세계에 남게 된다.

엄마들이 사라진 세계는 어떤 모습일까?

「그녀, 허궁」의 결말을 보면 끔찍한 가족 붕괴의 모습에 눈을 감고 외면하고 싶어진다. 분명 어느 누구도 꿈꾸고 싶지 않은 인간의 미래일 것이다. 그만큼, 여자 그리고 엄마의 자리가 중요하다는 것을 소설은 말하고 있다. 이는 소설집에 실린 여섯 편의 작품을 아우르는 작가의 메시지이기도 하다. 그래서 우리는 「그녀, 허궁」의 마지막 문장, "유토피아는 오류 없는 안정된 세상을 추구합니다."에 오래 머물 수밖에 없다.

첫눈처럼 가 닿기를

소설집 『귀가 없다』의 소설 여섯 편은 유년기를 담고 있다. 완벽한 유년을 갖고 있는 사람은 없다. 사람의 유년이란 가장 순수했던 시기지만 그만큼 결핍이 많은 시기이고 어른이 된다는 건 결핍을 채우는 과정이다. 그래서 조미경의 소설은 우리에게 거울을 마주한 것 같은 공감을 불러일으킨다. 특이한 인물이나 낯선 사람의 특별한 이야기가 아니라 불완전한 사람들의 평범한 아픔을 다루고 있기 때문이다. 조미경은 그들의 아픔에 공감하고 세상에 드러내고자 노력했다. 특히 조미경은

강하고 폭력적인 남성에게 휘둘리는 작고 약한 아이와 여자들의 아픔에 주목하고 집중했는데, 그것은 작가가 소설을 쓰면서 아내이자 엄마로서 성장한 시간에서 비롯됐을 것이다.

내년이면 조미경이 소설가로 등단한 지 20년이 된다. 소설가의 20년은 결코 짧지 않은 시간이다. 그럼에도 가끔 만나면 앞으로 온전한 정신으로 소설을 쓸 시간이 50년이 남지 않았다고 한탄한다. 그만큼 할 이야기가 넘치고, 쓸 이야기들이 남은 것이다.

우리가 쓰는 소설은 KTX처럼 급행이지도 지하철처럼 순식간에 지나가지도 않는다. 함박눈이 소복이 쌓여 교통편이 끊긴 산골 간이역에 느리게 정차하는 완행열차와 같다. 소설을 쓴다고 책상에 앉아 백설처럼 하얀 종이와 씨름해 온 지난 시간 동안 얼마나 많은 간이역을 지났고, 또 앞으로 소설을 쓰면서 얼마나 많은 간이역에 멈춰야 할지 아직 모르겠다.

다만 분명한 것은 여태 홀로 운행하던 조미경의 소설 여행이 독자와 함께 시작되었고, 지금 막 간이역에 정차했다는 것이다. 휘황하고 없을 것 없는 고속도로 휴게소보다 고즈넉하지만 나답게 머물 수 있는 간이역이 오래 기억에 남고, 순간순간 그립기 마련이다. 겨울 간이역에 쌓인 백설 위를 조심히 밟듯 백지에 한 자 한 자 눌러 쓴 조미경의 첫 소설집『귀가 없다』

가 소중한 독자들의 가슴에 소복이 쌓여 오래 기억되고 돌아오는 계절마다 그리워지기를 진심으로 기원한다.

귀가 없다

ⓒ 조미경, 2021

2021년 12월 25일 초판 1쇄 발행

지은이　조미경
펴낸이　김영훈
편집인　김지희
디자인　나무늘보, 부건영, 이지은
마케팅　강지인
펴낸곳　한그루
　　　　출판등록 제651000025100 2008000003호
　　　　제주특별자치도 제주시 복지로1길 21
　　　　전화 064 723 7580　전송 064 753 7580
　　　　전자우편 onetreebook@daum.net　누리방 onetreebook.com

ISBN 979-11-90482-99-8 (03810)

저작권법에 따라 보호를 받는 저작물입니다.
어떤 형태로든 저자 허락과 출판사 동의 없이 무단 전재와 복제를 금합니다.
잘못된 책은 구입하신 곳에서 교환해 드립니다.
이 책은 제주특별자치도, 제주문화예술재단의
2021년도 문화예술지원사업의 후원을 받아 발간되었습니다.

값 12,000원

게재 정보

똥돼지: 《제주작가》 제11호(2003년 하반기)
동거: 문화웹진 《나비》(2010. 3.)
한글 공부: 《제주작가》 제37호(2012년 여름)
귀가 없다: 무크지 《짬》 5호 소통(2017. 12.)